[Author] 柚本悠斗
[Illust.] magako
[キャラクター原案] あさぎ屋
5
スのぼっちギャルを
お持ち帰りして
清楚系美人にしてやった話
Class no botti GAL wo
omotikaeri shite
seisokei-bijin ni siteyatta
hanashi

[そうとめ あおい]
五月女 葵

「みんな行っくよー♪」
二人ともびしょ濡れになりながらキャッキャしていた。
[あさみや いずみ]
浅宮 泉
[あかもり ひより]
明護 日和

葵さんはサンダルを脱ぎ、
裸足で海水の張った浜辺に立つ。

「撮るよ」

別れの言葉を交わそうと
葵さんに視線を戻した瞬間だった

不意に視界が塞がれて
なにも見えなくなった。

CONTENTS

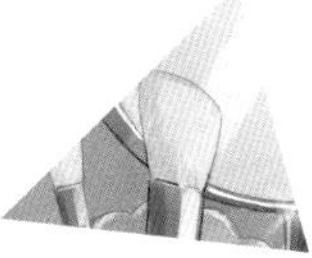

Class no botti GAL wo
omotikaeri shite
seisokei-bijin ni siteyatta
hanashi

クラスのぼっちギャルを
お持ち帰りして
清楚系美人にしてやった話５

柚本悠斗

GA文庫

カバー・口絵・本文イラスト
magako
キャラクターデザイン
あさぎ屋

Prologue

プロローグ

葵《あおい》さんとの同居生活を終えて四ヶ月が経《た》った七月下旬――。

ようやく新しい生活に慣れた頃に一学期が終わり、夏休みに入って一週間後のこと。

「この街に来るのも久しぶりだな」

思わず言葉を漏《も》らしながら、駅に到着した新幹線からホームに降り立つ。

俺《おれ》は葵さんと再会するため、久しぶりにかつて暮らしていた街に帰ってきていた。

「懐かしいな……」

この景色を目にするのは葵さんに別れを告げた時以来。

瞳《ひとみ》を閉じれば、今でもあの日の光景が目に浮かぶ――。

「晃君《あきら》……きっとまた、会えるよね？」

胸元《むなもと》に輝く紫陽花《あじさい》のネックレスを握り締めながら口にする葵さん。

笑顔で涙を流すその姿を見た瞬間、ずっと堪《こら》えていた感情が弾《はじ》けた。

自分の頬《ほお》を伝う温かな感触―― 息ができなくなるほどの切なさを覚える中、俺も首から下げているネックレスを握り締め、笑顔を浮かべながら誓いのように言葉を紡《つむ》いだ。

「ああ……もちろん！」

ドアが閉まると同時、景色がスローモーションのようにゆっくりと流れていく。

すぐに葵さんの姿が見えなくなり、思わず膝《ひざ》から崩れ落ちずにはいられなかった。

でもそれは決して悲しいだけの別れではなく、再会を約束した前向きな別れだった。


「あれから四ヶ月か――」

思い出として懐かしむにはあまりに短い。

だが、会えない時間としてはあまりにも長すぎる。

それでも自分の想《おも》いを見つめ直すには適切な期間だったように思う。

「よし。行くか！」

俺は荷物を担《かつ》ぎ直して新幹線のホームを後にする。

葵さんが祖母と一緒に住む家は在来線に乗り換えた先の村にある。

数時間後には会えると思うと、自然と口元がほころばずにはいられない。

――あの日、別れ際に交わした再会の約束を果たすため。

――お互いに自立し、成長した姿を見せ合うため。

――なにより。お互いの想いを確かめ合うため。

葵さんに会いに行く理由なんて並べ出したらきりがない。
話したいことや伝えたい想いも、言葉の通り山ほどある。

でも――今はただ、葵さんに会いたい。

逸《はや》る想いを抑えられず、俺は足早に改札を抜けて電車を乗り換える。
今年は去年以上に思い出深い夏休みになりそうな予感がしていた。

第一話　二度目の再会

葵《あおい》さんの暮らしている村に着いたのは十三時を過ぎた頃――。

新幹線で一時間ほど掛けてかつて住んでいた街へ向かい、在来線に乗り換え、途中で一度乗り換えを挟んで電車に揺られること一時間半。待ち時間も含めると合計三時間の長旅。

県北にある最寄り駅に着いた頃には、ずいぶん日が高くなっていた。

「やっと着いたな」

長旅の疲れからか感慨深さからか、思わず声を漏《も》らしながら電車を降りる。

ここに足を運ぶのは約一年ぶり、葵さんの祖母を訪ねて以来のこと。

「なんだかもう、なにもかも懐かしいな……」

この時間、電車を降りた乗客は俺《おれ》一人だけ。

誰《だれ》もいないホームに立ち、照り付ける日差しを手で遮《さえぎ》りながら辺りを見渡す。

眼前には広大な山と田舎ならではの田園風景が広がり、穏やかな風が稲穂を揺らす。見渡す景色の中に数軒しかない民家の少なさが、地域の田舎具合を表しているように思えた。

自分が住んでいる街よりも時間がゆっくりと流れているような錯覚を覚える。

「こういう静かな場所で暮らすのも悪くないよな……」

初めてこの村に来た時は、あまりにも田舎すぎて驚きもした。

それなのに今になって悪くないと思うのは、きっとないものねだりだろう。

俺が引っ越した街は県庁所在地ということもあって地方にしては都会な方。

都市開発が進んで高層ビルや商業施設が建ち並び、なに不自由ない生活が送れる利便性に富んだ地域。だがその分、山間部からは離れていて自然に触れる機会は極めて少ない。

どちらがいいという話ではなく、だからこそ目の前の景色に魅力を感じる。

人は生活環境や心境によって同じものでも見え方が変わるもの。

今の俺には、葵さんの暮らすこの場所がとても魅力的に見えた。

「さて、行くか」

大きく深呼吸をして美味《おい》しい空気を堪能してから改札へ向かう。

心なしか足早に歩いている自覚があるのは気のせいではないだろう。

手にしているスマホには葵さんの住む祖母の家までの道順がナビで表示されていて、駅から歩いて二十分――もうすぐ会えると思うと気分が上がり、そりゃ速足にもなるだろう。

高鳴る感情を胸に改札を通り抜けた時だった。

「晃君《あきら》――！」

聞きなれた声が俺の名前を呼ぶ。

聞きなれた、でも久しく聞いていなかった懐かしい声。

声の先に視線を向けると、声と同じくらい懐かしい笑顔が目に飛び込んできた。

「葵さん！」

改札前のベンチに座っていた葵さんが立ち上がって駆け寄ってくる。

その姿を目にした瞬間、胸の奥から溢《あふ》れてきたのは喜びだけじゃなかった。

再会を心から嬉《うれ》しく思う気持ちと同じくらい、気恥ずかしさと緊張を覚える。そこへ切なさにも似た感情が混ざり合い、言葉にし難《がた》い複雑な感情に胸が締め付けられた。

思わず目の奥が熱くなりかけ、小さく鼻をすすってから顔を上げる。

「迎えに来てくれたの？」

「うん」

「暑いから家で待っててくれてよかったのに」

「少しでも早く会いたくなっちゃって」

葵さんは照れくさそうに笑みを浮かべる。

でも瞳《ひとみ》を逸《そ》らさず、真《ま》っ直《す》ぐに俺を見つめていた。

「ありがとう……俺も早く会いたかった」

四ヶ月ぶりの再会の喜びは言葉だけでは留まってくれない。

俺たちはどちらからともなく手を取り合い再会の喜びを分かち合う。

喜びの方がはるかに上回っているからだろう。今までは手を繋《つな》ぐ度に照れていたくせに、今は恥ずかしさを感じない。それどころか、このまま一生離したくないとすら思う。

この手の温もりが懐かしくてたまらなかった。

「行こっか」

「ああ」

俺たちは手を繋いだまま駅を後にする。

「元気にしてた？」

「うん。晃君も元気だった？」

「ああ、もちろん」

こんなやり取りは電話やメッセージで何度もしてきた。

それなのに実際に会うと言葉で確認したくなるから不思議だよな。

「ここでの生活はどう？」

「すごく充実してるよ」

葵さんは一点の曇りもない笑顔で答えた。

「おばあちゃんとは仲良くしてるし、地元の人たちもよくしてくれる。通学時間が延びて通うのは少し大変だけど、電車に乗ってる間にやれることもあるから不便はないの。喫茶店でアルバイトする時間は減らさないといけなくなっちゃったけど、その代わり最近は土日も入らせてもらってるからお給料も変わらないし」

「そっか。問題ないならよかった」

「それに、私ね……」

　すると葵さんは不意に足をとめ、目の前に広がる景色に瞳を向ける。

「こういう場所、けっこう好きみたいで居心地がいいんだ」

　風になびく髪を押さえながら、想《おも》いを嚙《か》みしめるように言葉にする葵さん。

　その表情やしぐさが妙に大人びて見えたのは、きっと気のせいじゃないだろう。

　まだ二言三言しか言葉を交わしていないが、以前の葵さんとは違う印象を受けていた。

　電話やメッセージのやり取りをするだけでは気づけない、こうして相手の顔を見て話をするからこそ感じられる変化というか……外見的な成長ではなく、内面的な変化を感じさせる。

　とはいえ具体的になにがどう変わったのかと聞かれると返答に困る。

　久しぶりに会ったからそう感じるだけかもしれない。

　それでも言葉では言い表しがたいものを感じた。

「晃君はどう？」

「ん？　俺？」

　大人びた横顔に見惚《みと》れていた俺。

　葵さんに声を掛けられて我に返った。

「新しい学校にはもう慣れた？」

「ああ。今までと違って上手《うま》くやれてると思う」

「それならよかった」

「きっと葵さん、それに瑛士《えいじ》や泉《いずみ》のおかげだと思う」

「私たちの？」

するとと葵さんは頭に疑問符を浮かべるように首を傾《かし》げた。

そうだった——瑛士や泉には何度も話をしたことだから、当たり前のように葵さんにも話したつもりでいたが、葵さんにきちんと話をしたことはなかったかもしれない。

再会したらお礼を言おうと思っていたことだからちょうどいい。

「前に少しだけ話したことがあると思うんだけどさ——」

俺は改めて自分の中にある想いを言葉にする。

「俺は転校を繰り返す中で色々諦《あきら》めていたんだ」

葵さんにこの話をしたのは、確か一年前のこと。

一学期の終業式の日、俺たちが終業式に参加している間に姿を消そうとした葵さんを探して街中を駆け回り、俺たちが幼い頃に通っていた幼稚園の前で葵さんを見つけた時。

葵さんが初恋の女の子だと思い出したのも、あの時だったな。

俺は懐かしさを覚えながら説明を続ける。

「親の転勤で小さい頃から何度も転校を繰り返してきて、その度に友達と『転校しても友達だから』とか『絶対連絡する』とか『また一緒に遊ぼう』なんて約束するんだけど、それが叶《かな》うことはなくてさ……いつしか俺は、人と深く関《かか》わることを避けるようになっていた」

今なら社交辞令だと割り切ることができるだろう。

でも当時の俺は、幼心にショックだったんだろうな。

「人間関係なんて希薄なものだと諦めていたんだと思う」

「うん……そんな感じのこと、前に少しだけ話してくれたよね」

失うことに慣れていく日々の中で色々なものを手放していたんだと思う。

手を伸ばしても届かないものに意味なんてないと思い込んでいたんだろう。

幼かった自分にとって、転校は全《すべ》てを諦めさせるにはあまりにも充分すぎた。

「でも瑛士と泉と一緒にいて、葵さんと一緒に暮らし始めて、この関係だけは諦めたくないって思った。あの日、葵さんと出会ってなかったら、同じように全部諦めて転校してたはず」

結果、かつてないほど別れを寂《さび》しく思ってしまったわけだが……。

それはきっと幸せなことなんだと思う。

「だから葵さんにお礼を言いたいと思ってたんだ」

「そっか……少しでも晃君のためになれたなら嬉しい」

葵さんは穏やかな笑みを浮かべながら頷《うなず》いた。

「ごめん。再会したばかりなのにしんみりした話をして」

「ううん。晃君のお話、もっと聞きたい」

こうして俺たちはお互いの近況報告をしながら田舎道を歩いていく。

四ヶ月ぶりの再会なのに、一緒に住んでいた頃となに一つ変わらない空気に包まれながら話ができることに小さな幸せを感じながら、俺たちは祖母の家へ向かった。

＊

「今日は天気がいいから外は暑かったでしょう」

村の外れにある集落の一角、田畑に囲まれた古き良き日本の原風景の中に佇《たたず》む祖母の家。

到着すると、玄関の前で葵さんの祖母が笑顔で出迎えてくれた。

「すぐに冷たいお茶を入れますね」

「ありがとうございます」

どうやら俺が着くのを家の前で待ってくれていたらしい。

会うなり怒濤《どとう》の如《ごと》く歓迎され、なんだかんだ玄関先で会話が盛り上がり始めてしまったんだが、葵さんが『立ち話もなんだから家の中で話そうよ』と促してくれて今に至る。

この暑さの中、玄関先で立ち話を続けるのは祖母もきついだろうから一安心。

居間に通され、少し緊張しながら二人が戻ってくるのを待っていた。

借りてきた猫状態の俺は気を紛らわせようと縁側から外に視線を投げる。

縁側に吊るされている風鈴の涼しげな音色が、どこからともなく聞こえてくる蝉の鳴き声と重なる。手入れの行き届いた庭から流れ込む風はエアコンが不要なほど涼しい。

まるでアニメや映画で見るような理想の田舎そのもの。

葵さんがここでの生活を気に入るのも納得だし、俺もこういう場所は嫌いじゃない。

老後はこういうところでのんびり過ごすのも悪くない、なんて思っていると。

「晃君、お待たせ」

「ありがとう」

葵さんは二つのグラスを手に戻ってくると、一つを俺に差し出して隣に座る。

しばらくすると祖母もやってきて、お菓子の入った器を俺の前に差し出す。その後、テーブルを挟んだ向かいに座るなり深々と頭を下げてお礼の言葉を口にした。

「晃さんには葵のことで色々とよくしていただいて、本当にありがとうございました」

「そんな、頭を上げてください」

祖母はゆっくりと頭を上げながら続ける。

「晃さんが葵に手を差し伸べてくださらなかったら、今頃《いまごろ》どうなっていたことか。葵と再会することも、一緒に暮らすこともできなかったと思うと感謝してもしきれません」

「お礼なら何度も言っていただきましたから」

言葉の通り前に会った時もこんな感じだった。

お礼を言われて悪い気はしないが、感謝されすぎるのも複雑な気分。

とはいえ相手の感謝の気持ちを無下にするのは野暮《やぼ》だろうし、それだけ葵さんを大切に思ってくれている証拠だと思えば、過剰な感謝も素直に受け取るべきなのかもしれない。

それでも言われすぎのような気はするが、むしろ今回は——。

「お礼を言わなくちゃいけないのは俺の方です」

俺は背筋を伸ばして丁寧に頭を下げる。

「こちらに滞在中、泊めていただけることになって本当に助かりました」

実はこの村にいる間、葵さんの祖母の家に泊めてもらえることになっていた。

というのも、当初はホテルや漫画喫茶に泊まろうと思ってお金を用意していたんだが、調べたところ宿泊できる施設はなく……田舎とはいえ一店舗もないとは思わないじゃん？

田舎を舐《な》めすぎだと言われたらなにも言い返せない。

困り果てながら葵さんに相談したところ祖母に相談してくれて『何日でも好きなだけ泊まってくれて構わない。むしろそのまま住み続けて欲しい』と言ってもらって今に至る。

後者の台詞《せりふ》の意味は深く考えないようにしておくとして、お小遣《こづか》い生活の学生にとってこれほどありがたい申し出はなく、遠慮することなく泊めてもらうことにした。

「大したおもてなしもできませんが、自分の家だと思ってゆっくりなさってください。普段は物置になっている客間も綺麗《きれい》に掃除してありますので、そちらを使っていただければ」

「ありがとうございます」

まさに至れり尽くせり、感謝していると。

「それとも葵と同じお部屋の方がよかったですか？」

「「ん？」」

予期せぬ一言に声を揃《そろ》えて頭に疑問符を浮かべる俺と葵さん。

聞き間違いだろうか……？

それにしては具体的な提案に聞こえた気がする。

「なんならお布団《ふとん》も一組だけにしましょうか？」

「ちょ、ちょっと、おばあちゃん――!?」

瞬間、葵さんが顔を真っ赤にしながら声を上げた。

どうやら俺の聞き間違いではなかったらしい。

こんなに大きな声を出す葵さんは初めて見たかも。

「そのお話は大丈夫だからって何度も言ったでしょ！」

「でもねぇ、せっかく遠路はるばる会いに来てくれたわけだし、それに二人は長いこと一緒に暮らしていたんだから、今さら恥ずかしがるような間柄じゃないんでしょう？」

「おばあちゃん、お願いだからそっとしておいて……！」

両手で真っ赤な顔を隠しながら訴える葵さん。

ああ、なるほど……つまりこれは祖母なりの善意らしい。

ずいぶんお茶目というか、踏み込んだ提案だからどうしたものかと思ったが、つまり祖母は俺と葵さんが付き合っていて、彼氏が遠くから会いに来てくれたと思っているんだろう。

だとしたら気を利《き》かせてくれて大変ありがたい話だが、残念ながら状況は少し違う。

先々そうなればと思ってはいるものの、今はまだお友達なんです、おばあちゃん。

「私のことは気にしなくていいのよ。ねぇ晃さん」

祖母は『私に任せて！』と言わんばかりの瞳を俺に向けてくる。

ぜひよろしくお願いします、なんて本音を言えるはずもない。

同意を求められても返答に困るのは俺も葵さんと同じ。

「ご期待に沿えず申し訳ありませんが、まだ恥ずかしがるような間柄なんです」

とにかく色々申し訳なく思いながら答える。

「え……？」

すると祖母は驚いた表情を浮かべ、葵さんと俺に交互に視線を向けてくる。

そりゃ驚きますよね。

「そ、そうなの？」

「だから何度もそう言ったでしょ……？」

「てっきり葵が照れて誤魔化《ごまか》してるだけかと……」

めちゃくちゃ気まずい空気が三人の間に漂う。

家族に色恋沙汰でいじられる葵さんが気の毒で仕方がない。

「あ、あらそう……それならほら、この機会に頑張って！」

「あうう……」

なんかもう言葉にならない声を上げながら耳まで赤くする葵さん。

俺からもお願いするので、もうそのくらいにしてあげてください。

「「「…………」」」

居間が微妙な空気に包まれる。

……どうすんのこれ。

「えっと……じゃあ、おばあちゃんは夕食の買い出しに行ってくるわ！」

空気に耐えかねたのか元々その予定だったのか、祖母はそう言って立ち上がる。

「買い出しなら私が行ってくるよ」

「あ、それなら俺も葵さんに付き合います」

祖母は出かける準備をしながら首を横に振った。

「大丈夫。お友達と一緒に行ってくるから」

そういうことなら仕方がない。

「そっか。気を付けて行ってきてね」

「ええ。じゃあ行ってくるわ」

そう言って祖母は準備を済ませて家を後にした。

居間に残された俺と葵さんは顔を見合わせる。

「……なんか気を使わせちゃったかな」

「ううん。私たちの方こそ気を使わせちゃったよね」

葵さんは少しだけ困った表情を浮かべて身を竦《すく》める。

おばあちゃんの援護射撃に疲れの色が見え隠れしていた。

「おばあちゃん、本当に晃君に感謝してるの。今日が特別あんな感じじゃなくて、私と晃君のお話をする時もそうだし、ご近所さんに晃君のお話をしてる時もそうなの」

「ご近所さんにも？」

いったいどこまで俺たちの話をしているんだろうか。

さすがに町内の人たち全員ってことはないと思うけど……まさか『孫の彼氏が会いに来るの！』なんて、意気揚々と誤報を広めていたりしないだろうか？

全然あり得る話というか、むしろそうじゃない可能性の方が低そう。

「おばあちゃんには私から気を使いすぎないように言っておくから」

「いやいや、それこそ気を使わなくていいよ。少しくすぐったい気はするけど悪い気はしないし。それに、それだけ葵さんのことを大切にしてくれてるって実感できて嬉しいからさ」

「ありがとう。それと……」

「それと？」

葵さんはやっぱり恥ずかしそうに口にする。

「変な気も使わないように言っておくね……」

「そうだな……」

気持ちだけ受け取っておこう。

「「…………」」

再び居間が微妙な空気に包まれる。

思わず苦笑いを浮かべずにはいられなかった。

「おばあちゃんが帰ってくるまでどうしようか」

「とりあえず、晃君のお部屋に案内するね」

「そうだな。ありがとう」

俺たちは荷物を手に居間を後にし、ついでに家の中を一通り案内してもらう。

まだ到着した直後。お互い積もる話はいくらでもあるんだから、ゆっくりすればいいと思われるかもしれないが、積もる話と同じくらい二人で過ごす時間もたくさんある。

なにより一緒にいられるだけで充分だし、まだ夏は始まったばかり。

そう考えると、焦《あせ》る必要もないと思った。

＊

その後、祖母が帰ってきたのは日が暮れ始めた頃だった。

買い物にしてはずいぶん遅かったような気もするが、あえて触れないでおこう。

祖母は家に上がるとすぐに台所へ向かい、葵さんも手伝ってさっそく料理を始める。しばらくすると、豪勢かつ大量の料理が運ばれてきて驚きのあまり言葉を失くした。

祖母曰《いわ》く『好きなものがわからないから色々作ってみた』とのこと。

和食が中心で煮物、和《あ》え物、自家製のぬか床で作った漬物など全部美味しそう。

昔ならではというか田舎ならではというか、いつも食べているおかずとは違うラインアップを前にして、ふと幼い頃、祖父母の家に遊びに行った時に出された夕食を思い出した。

ご年配の人が作る料理を食べると、どこかほっとするのは俺だけだろうか。

ちなみに料理に使っている野菜は全部ご近所さんからのお裾《すそ》分《わ》けらしい。

こういう田舎ならではの文化にはちょっと憧《あこが》れる。

「それにしても、ずいぶん豪華ですね……」

「若い人はたくさん食べると思ったので」

泉なら余裕で食べきりそうだが、俺にはやや不安が残る量。

いや、量もさることながら気になって仕方がない点が一つあって……うなぎの蒲焼きやすっぽん鍋など、妙に精の付きそうなものまであるのはなぜだろうか？

まぁ、うなぎの蒲焼きはわかる。

栄養価の高いうなぎは昔から夏バテ防止の食材として食べられてきたし、スーパーなんかでも夏になると『土用の丑《うし》の日』と称して大々的にうなぎを売り出すところもある。

だが、夏の暑い時期にすっぽん鍋はちょっと説明がつかない。

「冷めてしまう前に食べましょう」

「そうですね……ありがとうございます」

「たくさん食べてくださいね……うふふっ」

語尾の笑い声にナニか別の意図があるような気がしてならない。

うん……あえて触れない方がいいと俺の直感が告げている。

「「「いただきます」」」

俺たちは食卓に着いて手を合わせ、歓談しながら食事を進める。

料理が並べられた時は食べきれるか心配したが、どれも美味しくて箸がとまらない。

気づけば全て平らげていた自分に驚きつつ、まるで和菓子を前にした時の泉よろしく食べすぎて動けなくなってしまった俺……もう泉のことを笑ったりできないと思った。


それから少しの食休みを取り、俺は進められるままにお風呂《ふろ》をいただくことにした。

お世話になる身で一番風呂をいただくのは気が引けたから最後でいいと言ったんだが、祖母や葵さんにしてみれば、お客さんに最初に入ってもらいたいという配慮なんだろう。

お互いに譲り合っていてもきりがないと思い、お言葉に甘えることに。

お風呂の窓からは綺麗な星空が見え、外では日が落ちてもまだ蟬が鳴いている。

自分が住んでいる街で蟬の鳴き声を聞くとうるさいとしか思わず、余計に暑くなるような気がして嫌になるが、こういう静かなところでは逆に心地よく感じるから不思議だ。

なんとも贅沢な時間を過ごし、気づけば長風呂をしてしまっていた俺。

その後、葵さんはお風呂へ入り、俺は夜風に当たって涼もうと縁側へ向かう。

すると、居間で大きめのバッグに荷物を詰めている祖母の姿があった。

「お出かけですか？」

「ええ。ちょっとお友達の家に行こうと思って」

こんな時間から？

よほど急ぎの用事なんだろうか。

祖母は荷物をまとめ終わると立ち上がる。

「帰りはいつになるかわからないので、先にお休みになってくださいね」

「わかりました。日が落ちて辺りは暗いので気を付けてくださいね」

「ありがとうございます。では晃さん、ごゆっくり」

祖母は丁寧にお辞儀をすると、バッグを手に家を出ていった。

その後、縁側に座りながら夜風に当たること三十分くらい——。

「晃君、お待たせ」

葵さんはお風呂から上がり、アイスを両手に戻ってきた。

お風呂上がりの葵さんの姿は何度も目にしてきたが、久しぶりすぎて新鮮に目に映る。

まだ濡《ぬ》れている艶《つや》やかな長い髪と紅潮したシミ一つない頰《ほお》。キャミソールにショートパンツというラフな部屋着で、首からタオルを掛けている無防備な姿に思わず目を奪われた。

ていうか、こんな格好を前にして見惚《みと》れない男なんていないだろ。

「……私、なんかおかしい？」

「あ、いや——そんなことないよ！」

見惚れすぎていたことに気づき慌てて言い訳を口にする。

決していやらしい目で見ていたわけじゃないから許して欲しい。

「晃君もアイス食べるでしょ？」

「ああ。ありがとう」

葵さんはアイスを俺に渡すと隣に腰を掛ける。

袋を開けて取り出し、二人並んでアイスに齧《かじ》りついた。

「美味しいね」

「ああ。夏といえばアイスだよな」

星空のもと夏の夜風に当たりながら、好きな女の子と並んでアイスを食べる。

この上なく幸せな気分の中、俺たちは虫の音のオーケストラに耳を傾ける。

「そう言えば葵さん――」

「ん？　なに？」

ふと思ったことがあって声を掛けた。

「夏休み、お父さんたちに会いに行かないの？」

お父さんたち――。

つまり父親と再婚相手の奥さん、そして義弟の葵志《あおし》君。

去年の夏休みに父親と再会し、紆余曲折あって母親と決別した後、父親と新しい家族を含め良好な関係を取り戻した葵さんは、その後も連絡を取り合っていると聞いていた。

父親が住んでいるのは県外だから、会いに行くなら長期休みの時くらい。

夏休みや冬休みは数少ない機会だと思い尋ねると。

「実はね、お父さんたちには夏休みに入ってすぐ会いに行ったの」

「そうなの？」

すでに会いに行った後とのことだった。

「お父さんのお家にお呼ばれして一泊してきたんだ」

「そっか……いい関係を続けられてるみたいで安心した」

「それでね、お父さんから晃君に一つ伝言を頼まれてるの」

「俺に伝言？」

「私の親権について――」

それは以前、俺が葵さんの父親にお願いをしていたこと。

葵さんを母親から解放するためには父親が親権を取り戻すべきだと思い、学園祭の前、葵さんが母親のもとへ帰っている間に父親を呼び出して無茶を承知で頼み込んだこと。

結論から言うと、親権は無事に母親から父親へ移し終えたという知らせだった。

あの後、弁護士を通して親権者変更調停の申し立てを行い、問題なく調停は成立。

双方が争いの姿勢を見せる場合は長期化する傾向にあるらしいが、意外なことに母親に争う意思はなく、父親への変更を受け入れたことで滞りなく手続きは進んだらしい。

あの母親がすんなり受け入れたのは驚きだが……。

「お父さんから晃君に自分の口で伝えたいから連絡してもいいかって聞かれたんだけど、こうして会う予定もあるし、私から伝えるから大丈夫って言ったの。それでよかったよね？」

「ああ。むしろ改めてお礼を言いたいのは俺の方だよ」

連絡先は知っているし、今度電話でもしてみるか。

「でも、そっか……本当によかった」

安堵《あんど》と共に言葉を漏らして噛みしめる。

ようやく全てが終わって肩の荷が下りた気がした。

でも、だからこそ気になってしまうことがあるのも事実。

尋ねるべきかどうか迷っていると。

「あれ以来、お母さんから連絡はないんだ」

まるで俺の心中を察したかのように葵さんの方から切り出した。

「お父さんが言うには、親権を争わなかったのはお母さんなりに思うところがあったんだろうって。調停の場で会った時も、前みたいに取り乱すことはなく落ち着いた様子だったって」

「そっか……」

「今すぐは無理でも、いつかまた会えたらいいなって思う」

いつかまた会えたら――。

葵さんの母親を知っている人なら、二度と会うなと声を荒らげる人もいるだろう。

これまでの経緯を詳しく知っている人ほどそう思うだろうし、きっと瑛士や泉も断固として拒否するはず。俺も会って欲しくないと思う気持ちがゼロだと言えば嘘《うそ》になる。

話し合いが通じる相手ではないし、簡単に改心するような人だとも思えない。

でも、それを決めるのは他でもない葵さん自身だ。

落ち着いた様子で母親の話を語る姿を見る限り、以前のように依存している印象は受けないし、もし会っても同居していた頃のように振り回される心配はないと思う。

どちらにしても、まだ遠い未来の話だろう。

「だからね、夏休みの予定は晃君と一緒にいることだけ」

真剣な表情から一転、葵さんは少し照れくさそうに言った。

そんなふうに言われると、なんだか俺の方まで照れてしまう。

「えっと……おばあちゃんにお風呂空いたよって言ってあげないと！」

すると葵さんは恥ずかしさを誤魔化すように唐突に口にする。

そうだ、葵さんに伝えるのをすっかり忘れていた。

「おばあちゃんなら友達の家に行くって出ていったよ」

「え、こんな時間に？」

「ああ。葵さん聞いてない？」

葵さんは不思議そうにしながら頷く。

「よほど急ぎの用なのかな？」

「詳しくは聞かなかったけど、俺もそうなのかなって思った」

「そっか」

まぁ子供じゃないから心配ないだろう。

そう思い、俺たちは夜風に当たりながら歓談を続ける。

この時の俺たちは祖母の言葉も行動も、さして気にもしてなかったんだが……翌日の朝『帰りはいつになるかわからない』という言葉の本当の意味を知ることになる。

ていうか、まさかの意味すぎて思いもよらなかった。

第二話　会えない日々がもたらしたもの

「……朝か」

翌朝、窓から差し込む日差しと頬《ほお》を撫でる風を感じて目が覚めた。

枕元《まくらもと》に置いてあるスマホを手に取って画面を覗《のぞ》くと六時半を回ったところ。

今朝は特に起きる時間は決めず、目が覚めたら朝食にしようと葵《あおい》さんと話し、一応アラームをセットしたのは七時半。いつもは鳴るまで起きないくせに、今日に限って鳴る前に目が覚めたのは昨晩早めに寝たからと、よその家に泊まることで感じる少しの緊張感。

なにより、葵さんと再会できた喜びがそうさせたんだろう。

二度寝をする気分にはならず、むしろいつもより目覚めがいいくらい。

起きて布団《ふとん》を押し入れにしまい、大きく伸びをしてから窓の外を眺める。

里山から吹き下ろす風が、まだ日は高くないのに生暖かく感じた。

今日も暑くなりそうだ、なんて思った時だった。

「晃君《あきら》、起きてる？」

襖を叩《たた》く音の後、葵さんの声が部屋に響いた。

「ああ。ついさっき起きたところ」

すると襖が開き、猫のイラスト付きのエプロンを着ている葵さんが入ってきた。

「もうすぐ朝ご飯の用意ができるから」

「ああ。着替えて顔を洗ったらすぐに行くよ」

「洗面所に青いタオルが置いてあるから使って」

「ありがとう」

葵さんにお礼を言い、私服に着替えてから洗面所で顔を洗う。

洗面所を後にして居間に向かう途中、いい匂《にお》いが廊下まで漂ってきていた。

「おおおぉ……」

居間のテーブルの上には、いかにも和食といった感じの朝食が並んでいた。

ご飯に豆腐とねぎのシンプルなお味噌汁。おかずは焼き鮭と玉子焼きとお漬物、他にも半熟卵や納豆など。一つ一つの量は少なめにし、色々な味が楽しめるように種類がたくさん。

まるで旅館の朝食を思わせるようなおかずの数々だった。

「お待たせ。冷めちゃう前に食べよ」

「ああ。用意してくれてありがとう」

キッチンから戻ってきた葵さんはエプロンを外して腰を下ろす。

俺《おれ》は葵さんとテーブルを挟んで向かい合うように座った。

「「いただきます」」

一緒に手を合わせてから箸を手に取る。

まずはお味噌汁から、ゆっくりと口に運ぶ。

「……はぁ」

寝起きで血糖値の低い身体に染みわたる優しい味に思わず声が漏《も》れた。

目は覚めたものの、未《いま》だ半分眠ったままの頭の中が覚醒《かくせい》していくこの感じ。

やはり朝の食卓に味噌汁は必須だよな、なんて思いながら顔を上げた時だった。

「あれ？　そう言えば……」

思考がクリアになったからだろうか、ふと気づいたことがある。

葵さんは自家製のたくあんをぽりぽり食べながら首を傾げた。

「おばあちゃんは？」

起きてから一度も姿を見かけていない。

するとたくあんをかじるぽりぽり音がピタリとやむ。

葵さんはお味噌汁を飲んで一息吐くと、気まずそうに視線を逸らした。

「えっとね……」

正確には気まずそうというか、少し照れた様子で頬を染める葵さん。

どうしたんだろうと思った直後、葵さんは一枚の紙をそっと俺に差し出した。

渡されるままに受け取って視線を落とし、すぐに葵さんの様子の理由を理解した。

「マジで……？」

葵さんは小さく頷《うなず》いてから続ける。

「おばあちゃん、昨日の夜は帰ってこなかったみたいなの。今朝《けさ》、お部屋を見に行ったらこの書き置きがあって……きっと出かける前に書いておいたんだと思う」

渡されたのは祖母から俺たちへの書き置きだった。

結論から言うと『お祭りの準備もあるから友達の家にしばらく泊まる。晃さんは好きなだけ泊まっていいから二人で色々頑張ってね！』という内容が丁寧な言葉で書かれていた。

なにを頑張らせたいかはさておき……まさかの展開に朝から気まずさが全開。

辛いものを食べたわけでもないのに顔を真っ赤にして伏せる俺たち。

そりゃ葵さんも気まずくて視線を逸らすわ。

「つまり俺がここにいる間、ずっと葵さんと二人きりってこと？」

「そ、そういうことになるね……」

それこそ俺が望めば夏休みが終わるまで毎晩若い男女が一つ屋根の下。

しかも夏という薄着の季節はなにかと刺激が強くて我慢するのも大変なのに。

「「……」」

健全な朝食の場が突如ピンク色の空気に包まれる。

お互いに想像していることが同じなのは言うまでもない。

なぜなら俺たちは二度ほど『そういう状況』になりかけたことがある。


一度目は去年の一学期の終業式前、葵さんが俺のベッドに潜り込んできた件。

二度目は転校直前、思い出が欲しいと俺のベッドに潜り込んできた件。

そう言えば卒業旅行の夜も葵さん的にはＯＫだったんだっけ。

つまり正しくは三度ほど。


思い出す度に据え膳食べなかった自分に後悔——。

じゃなくて自分を褒めてやりたくなるが、次はマジで我慢できる自信がない。

これまでは理由があったから未遂に終わったが、今は色々と状況が違うわけで……いつかそんな日が来たらいいなとは思っていたが、その『いつか』を意識せずにはいられない。

どうしよう、意図せず大人の階段を上る機会がやってきてしまいそう。

備えあれば憂いなし——ないとは思いつつもわずかな可能性に期待して、クリスマスに泉《いずみ》と瑛士《えいじ》からプレゼントされた高級なボクサーパンツを持ってきておいてよかった。

ちなみに来るべき日のために一度も穿《は》いていない。


「「…………」」

いやいや、なにを一人で盛り上がってんだ俺は！

恥ずかしくて葵さんの顔が直視できない。

「で、でもほら。二人きりなのは初めてのことじゃないしさ！」

「そ、そうだよね。今さら改めて意識するようなことじゃないよね！」

お互いに納得しようとするものの、当時と今では状況が違うことは百も承知。

なんとか空気を変えようと試みるが、一度スイッチが入るとなかなかどうして。

朝から溢《あふ》れる三大欲求の一つ。それなら別の三大欲求を満たせば落ち着くかもしれないと思い、改めて朝食を食べ始めてふと気づく。

「てことは……朝食を作ってくれたのって葵さん？」

葵さんは先ほど、昨晩は祖母が帰ってこなかったと言った。

もちろん祖母が昨晩のうちに今日の朝食を作っておいてくれた可能性はある。

でも俺を起こしにきた葵さんがエプロンを着けていたことや、料理を作っている最中だから漂ってくる美味《おい》しそうな匂いから察するに、おそらく作ったのは葵さんじゃないか？

そう思って尋ねてみると。

「うん。実は全部、私が作ったんだ」

葵さんは照れくさそうに、でも少しだけ得意そうに頷いて見せた。

やっぱり――そう思うと同時、懐かしい記憶が頭をよぎった。

「葵さんを家に連れて帰った翌朝のことを思い出したよ」

「うん……晃君が朝食の用意をしてくれて、私を起こしてくれたんだよね」

「今日はあの朝の逆。葵さんが用意をしてくれて、俺を起こしてくれた」

「実はね、私も料理をしながらあの朝のことを思い出してたの」

葵さんは懐かしむように儚《はかな》げな表情を浮かべる。

「一緒に暮らしてた頃は晃君にご飯を作ってもらってたから、次に会った時は私が作ってあげたいと思って、おばあちゃんにお願いしてお料理を教えてもらい始めたの。簡単なものなら作れるようになったけど、おばあちゃん仕込みだから和食ばっかりなんだけどね」

葵さんはそう言って苦笑いを浮かべた。

「充分だよ……」

本当、心から充分すぎると思う。

俺も一人暮らしを始めた当初、自分で料理するようになって苦労した。

親が簡単そうに料理をする姿を見て、自分も作れるだろうと思っていたのは大間違い。何度も失敗しては勉強し、葵さんと出会った頃、ようやくまともな料理が作れるようになった。

だから葵さんがどれだけ努力したのかは、他の誰《だれ》より俺自身がよくわかる。たった数ヶ月でこんなに美味しそうな料理を作れるようになるなんて本当にすごいことだ。

なにより、俺のために料理を覚えようとしてくれた気持ちが嬉《うれ》しい。

「せっかく葵さんが作ってくれたんだから冷める前に食べないとな」

「お口に合うといいな」

改めて食事を始める俺を葵さんが緊張した面持ちで見つめる。

手前の小皿に載せてある玉子焼きを箸で半分に切って口に運んだ瞬間。

「……美味しい」

想像以上の美味しさに思わず声が漏れた。

「本当？」

感想を言葉にするよりも味わいたい気持ちが先行する。

玉子焼きを噛《か》みしめながら、言葉の代わりに何度も頷いて返事をする。

思う存分味わった後、お味噌汁で口を直してから顔を上げた。

「出汁《だし》の加減が絶妙で、俺が作るより全然美味しいよ」

「よかった……」

葵さんは安堵《あんど》に胸を撫でおろす。

その後は会話もそこそこに食事を進めた。

玉子焼きの他にも自家製のぬか床で漬けたお漬物も美味しいし、半熟卵のとろけ具合もちょうどいい。地元で収穫したお米を炊いたご飯はめちゃくちゃ甘くて箸がとまらない。

どれも美味しいが、中でも焼き鮭は塩の当て具合が絶妙だった。

「この焼き鮭、下ごしらえは塩だけ？」

「お塩で水分を出した後、お酒を少し振って冷蔵庫で寝かせたの」

「お酒か……なるほどな」

魚を焼く時は塩を振るのが一般的だが、それは単に味付けだけではない。

魚は水揚げされてから食卓に並ぶまでに鮮度が落ち、どうしたって独特の匂いが出てしまうが、塩を振って時間を置くことで余計な水分と一緒に臭みを抜くことができる。

だから塩を振ってすぐに焼くのではなく、十分くらい置くだけで格段にクオリティが上がるんだが、お酒を追加して臭みを抜いてあるなんて……そりゃ美味しいはずだよ。

ていうか、なんで俺がそんなに焼き魚に詳しいかって？

一人暮らしを始めた当初、焼き魚が食べたくて近所のスーパーで買い意気揚々と焼いて食べたんだが、生臭さが残って残念な味になってしまったショックで調べたんだよ。

本当に驚くほど違うから、魚を焼く時はぜひ試してみて欲しい。

「晃君、そんなに慌てなくてもお代わりあるから大丈夫だよ」

気づかないうちにご飯をかき込んでいたらしい。

これじゃ泉のことをあれこれ言えないな。

「じゃあ、お代わりもらおうかな」

「うん。たくさん食べてね」

結局、箸がとまることはなく朝からご飯をお代わり二杯。

好きな女の子が料理を作ってくれるだけでも嬉しいことなのに、自分のために料理を覚えてくれた上に美味しいなんて、この世にこれ以上の幸せなんてマジでないと思う。

初めて食べた葵さんの手料理は、どれもお世辞抜きで美味しかった。


朝食を終え片付けを済ませた後、俺たちはお茶を手に一息ついていた。

外は徐々に太陽が昇り始め、縁側に差し込む日差しが少しずつ強さを増している。

葵さんは『天気がよくてお洗濯日和だから、溜《た》まっている洗濯を済ませたい』と洗濯機を回し、洗い終えた洗濯物の入った籠を手に庭にある物干し竿に吊るしていた。

手持ち無沙汰の俺は待っている間、花壇の水やりをすることに。

「ところで葵さん」

「ん？　なぁに？」

「今日はこの後、どうしようか」

ホースの先から出る水しぶきが作る虹を横目に見ながら葵さんに尋ねる。

というのも、実は今日に限らず明日以降の予定も特に決めていなかったりする。

俺たちの目的は再会して一緒に過ごすことだったから、事前に細かい予定を立てて滞在中の行動を決めてしまうよりも、思うままにのんびり過ごしたかったから。

唯一決まっている予定は四日後の十三時に、葵さんのアルバイト先の喫茶店で瑛士と泉と会うことくらい。あとから来る日和《ひより》とも、その時に合流することになっている。

「瑛士たちとの約束の日までなにして過ごそうかと思って」

「それなんだけどね。実は私、少しだけ予定があるの」

「そうなの？」

葵さんは少し言いづらそうな様子で続ける。

「二十日に地元のお祭りがあって、町内会の人たちに準備のお手伝いを頼まれてて」

「お祭りの準備のお手伝い？」

疑問の声を上げながら、ふと祖母の書き置きを思い出す。

そう言えばあれにも『お祭りの準備がある』と書いてあった。

「この辺りは見ての通り田舎だから、小さい子供はもちろん、学生や親世代の大人も少なくてなにかと手が足りないらしいの。お祭りの準備はご年配の人たちが中心になって頑張ってくれてるんだけど、やっぱり人手が厳しいみたいで……手伝って欲しいって頼まれたんだ」

なるほど……。

確かに昨日、家に向かう道中もご年配の方しか見かけなかった。

若い人が少ない過疎地の問題はテレビや雑誌で取り上げられることも多い。

今まで自分には関係ない、どこか遠くの田舎の事情でしかなく実感は皆無だったが、こうして身近な人がその渦中にいるとなると妙にリアリティが湧《わ》いてくる。

その実態は地元のイベントが立ち行かないくらい深刻なのだとしたら、もし歴史や伝統のある文化が維持継承できないほどに切実だとしたら、若い人の協力は必要だろう。

大人たちはいずれ限界集落になってしまう前になんとかしようと必死なはず。

「晃君が会いに来てくれるから、毎日はお手伝いできないことは伝えてあるの。数日に一度、午前中だけとか午後だけとか、短い時間だけでもお手伝いに行きたくて」

きっと葵さんも気づいているから手伝いを引き受けたんだろう。

だとしたら俺が葵さんに掛ける言葉は一つしかない。

「遠くから会いに来てくれたのにごめんね。その間、晃君は家で――」

「それなら俺も一緒に手伝うよ」

「え――？」

申し訳なさそうに言う葵さんの言葉に被《かぶ》せるように答える。

するとよほど意外だったのか、葵さんは洗濯物を干す手をとめた。

「人手が多いに越したことはないだろうし、それにお祭り準備はなかなか経験できない貴重な機会で楽しそうだし、一人でのんびり過ごすよりも誰かの力になれるならその方がいい。もちろん町内会の人たちが歓迎してくれて、邪魔にならなければの話だけどさ」

「それはきっと大丈夫。みんな喜んでくれる！」

葵さんは一転して瞳を輝かせる。

その姿は喜びよりも安堵しているように見えた。

「でも……本当にいいの？」

「もちろん。俺がここに来たのは葵さんに会うためだから一緒にいたいしさ」

「晃君……」

言葉にした瞬間、自分の顔が熱くなるのを自覚した。

それは本心だし、会いに来る約束をした時点で葵さんもわかってくれていること。

そもそも四ヶ月前——俺のベッドで一緒に寝た時に、すでに一度告白済みなんだから今さら照れることでもないんだが、いざそれっぽいことを口にするとやはり恥ずかしい。

言われた葵さんも照れていて、手にした洗濯物で顔を半分隠している。

でも少しすると、ゆっくりと手をどかして顔を上げ。

「うん……私もできるだけ一緒にいられると嬉しい」

笑みを浮かべてそう言ってくれた。

「よし。じゃあ早く片付けて準備をしよう」

「うん！」

こうして俺たちは洗濯と花壇の水やりを済ませ、準備をしてから家を後にする。

お祭り準備か……ふと学園祭の準備をしていた頃のことを思い出していた。

＊

お祭りの準備をしている集会所は歩いて十五分ほどのところにあるらしい。

さほど遠くないが、午前中にも拘わらず煌々と照り付ける太陽の下だと少しきつい。

額に汗が滲《にじ》む中、とはいえ気分的には暑さが吹き飛ぶほど爽《さわ》やかだったりする。

なぜなら、俺の隣を歩く葵さんの服装がとても涼しそうだから。

シンプルなロング丈のワンピースと麦わら帽子の組み合わせ。夏空を思わせる透き通った水色と、首周りを少し大きめに開けた肩出しのデザインに図らずも目を奪われる。

見ている方まで涼しげな気分にさせてくれる素敵なコーディネート。

なにより最高なのは、葵さんの美しすぎるうなじが露わなこと。

こうして葵さんのうなじを目にするのは卒業旅行の浴衣姿以来。できれば今年もへそチラ、透けブラを含む、男子高校生厳選・夏の三大風物詩をコンプリートしたいところ。

なんて妄想を膨らませていると、俺の視線に気づいた葵さんが『どうかした？』と笑顔で訴えながら首を傾げる……無垢《むく》な笑顔を見ていると煩悩全開の自分を殴りたくなる。

だけどさ、ぶっちゃけ仕方がないと思わないか？

「そのワンピース、よく似合ってるね」

好きな女の子が可愛《かわい》い格好をしていたら妄想の一つもするさ。

「あ……ありがとう」

葵さんはわかりやすく照れながら自分の髪を撫でる。

なんかもう、いちいち仕草が可愛くて悶絶しそう。

「夏休み前にね、新しいクラスの友達と一緒にショッピングモールに行って買ったの。夏服が欲しくて、みんなにアドバイスしてもらいたくて誘ったら付き合ってくれたんだ」

葵さんは足をとめ、俺の前でゆっくりと一回転して見せる。

軽《かろ》やかな身のこなしと宙を舞うスカートの裾《すそ》を眺めながら俺は内心驚いていた。

友達と買い物に行くことはよくあることで、なにも特段驚くようなことじゃないと思うかもしれないが、俺が驚いたのはそこではなく『葵さんが自分から誘った』ということ。

以前の葵さんは誘われて行くことはあっても自分から誘うことはなかった。

俺が知らないだけかもしれないが、少なくとも一緒に住んでいた頃、葵さんが出かける時はいつも『誘われたから行ってくる』ということばかりだったと思う。

そんなの些細《ささい》な変化だろうと言われればそれまで。

だけど、些細な変化だからこそ気になった。

「晃君？」

驚きに返事を忘れていた俺の顔を覗き込んでくる葵さん。

その距離の近さにドキッとすると共に我に返った。

「ごめん。似合いすぎて見惚《みと》れちゃったよ」

「ふふっ……ありがとう。買ってよかったな」

他意もあるけれど見惚れていたのは嘘《うそ》じゃない。

お互いに朝から何度も照れていて、さすがにそろそろ照れ疲れしそう。

なんて思いながら歩いているうちに、目的地の集会所が道の先に見えてくる。

集落の中心にある、田舎ならではの広い庭付きの平屋の一軒家みたいな集会所。

庭で年配の男性たちが歓談しながら日曜大工のようなことをしているのを尻目に、俺は葵さんの後に続いて集会所の中へ足を踏み入れる。

そこには二十畳以上はありそうな部屋で作業をしているご年配の女性たちの姿があった。

部屋のあちこちに山積みされた段ボールがあり、側面には『提灯』や『はっぴ』などと書かれているのを見る限り、お祭りで使う備品なんかをこうして管理しているんだろう。

今みんなで行っている作業も電飾系の備品チェックのようだった。

「こんにちは」

葵さんが挨拶《あいさつ》をすると近くにいた女性が顔を上げ。

「あら葵ちゃん。いらっしゃ――」

直後、葵さんに挨拶を返そうとして口を噤《つぐ》んだ。

その様子に気づいた女性たちが一斉に俺たちに視線を向けてくる。

いや、俺たちというか主に俺に向けながら予想外の言葉を言い放った。

「葵ちゃんが……葵ちゃんがお婿さんを連れてきた！」

「……む、婿ぉ⁉」

俺が状況を理解するよりも早く女性たちが俺と葵さんを取り囲む。

背中を押され手を引かれ、促されるままに席に着くと『あらまあ、いい男じゃない！』『お婿さんはどこから来たの？』『葵ちゃんとはどこまで進んでるのかしら。うふふ』などなど、お茶とお菓子を差し出されつつ、答える間もないほどに怒濤の質問ラッシュ。

たぶんもてなされているってことなんだろうけど圧がすごい。

「君が噂の葵ちゃんの婿殿かい？」

おばちゃんたちの圧に怯《ひる》んでいると、外で作業をしていた一人の男性が現れた。

六十代より上と思われるご年配の方々が多い中で一人だけやや若い。おそらく五十代前半くらいと思われるその人は、笑顔を浮かべながら俺たちのもとへやってくる。

優しそうな笑顔が印象的なイケオジと呼んでいい感じの人だった。

「私はお祭りの実行委員長をしている君島《きみしま》と言います」

「はじめまして。明護《あかもり》晃です」

「こんな田舎の村までよく来たね。歓迎するよ」

差し出された手を握り返しながら挨拶を交わす。

その周りで相変わらず盛り上がり続けるおばちゃんたち。

終いには『結婚式はいつ？』とか『仲人は誰にやってもらおう』とか『村長にも挨拶してもらわないと』とか、当人たちを全力で放置プレイして具体的な話だけが進んで行く。

なんなら今すぐ結婚式が始まりそうな勢いでさすがに焦《あせ》る。

ところがどっこい、お付き合いすらまだだと言ったらどうなるんだろうか？

なんて、話の腰を折るカミングアウトをする前に確認したい。

「えっと、葵さん……婿ってどういうことかな？」

尋ねると葵さんは露骨に気まずそうに目を泳がせまくる。

動揺しているとかいうレベルじゃなく、もはや挙動不審レベル。

こんな葵さんは初めて見るが、つまり心当たりがあるってことで間違いなさそう。

「実はおばあちゃんが、晃君が来ることをご近所さんに話しちゃったの」

すると葵さんは俺の様子を窺《うかが》いながらおずおずと話し始める。

「私もそれだけならいいと思ったんだけど、話が誇張されて広がっちゃったみたいで気が付いたら村中に、私の……そ、その、お婿さんが会いに来るってことになっちゃってて」

なんかもう本当ごめんなさいって感じで謝る葵さん。

「それで、みんなが会ってみたいから連れてきてって……」

ああ……なるほど、そういうことか。

つまり葵さんは俺が手伝うと言う前からここに連れてくるつもりだったんだろう。

どう切り出そうか考えていた時に俺から予定を聞かれ、お祭り準備を手伝うと言われ、意図せず連れてくることができたというわけだ。

だからあの時、喜びよりも安堵の色が窺えた。

そう考えると納得できる。

「晃君、ごめんね……」

「葵さんが謝ることはないさ」

見るからにしょんぼりしている葵さんをフォローする。

田舎では地域の繋《つな》がりが濃い故に、色々な情報がシェアされるのは日常茶飯事。

そうやって人から人へ話が伝わる場合、得てして徐々に誇張されて伝わっていくなんてことはよくある。要は伝言ゲームと同じで、人を介した数だけ正確性が落ちていくんだよな。

ましてや、おばあちゃん同士の井戸端会議のネタならなおさらだと思う。

最初は友達が来る話が、気づけば婿が来る話になっていたんだろう。

さすがに村中に周知というか羞恥の事実だが……。

「まぁ俺は気にしてないからさ」

「うん。ありがとう」

「それに婿って言われて悪い気はしないしな」

俺が婿にくるか、それとも葵さんが嫁にくるかは検討の余地あり。

いずれ家族を含めて相談しないといけないだろうけど、こういうのんびりした田舎に婿にくるのも悪くない、なんて思っていると。

「え？　それってどういう……」

周りの空気に流されたのか、思わず漏れた本音に葵さんが疑問の声を上げた。

「あ、いや――歓迎してくれてるって意味でさ！」

「そ、そっか。そうだよね……！」

咄嗟《とっさ》に返したけど誤魔化《ごまか》せるはずもなく、恥ずかしさのあまり耳が熱い。

そんな俺たちが落ち着くのを待ってくれていたのか、一段落したところで君島さんが話を続ける。

「せっかく来てもらったところ申し訳ないが、今はお祭りの準備中でね。ゆっくり相手をしてあげることはできないけど、見学なら好きなだけしていってくれて構わないから――」

「ありがとうございます。でも今日は見学に来たんじゃないんです」

挨拶を済ませてその場を後にしようとする君島さん。

俺はその背中に向け、ここに来た理由を口にする。

「俺にもお祭りの準備をお手伝いさせて欲しくて」

「晃君もお祭りの準備を？」

するると君島さんは足をとめ、驚いた表情を浮かべながら振り返る。

近くで盛り上がっていたおばちゃんたちも声を潜めた。

「葵さんから若い人の手が足りなくて困っていると聞きました。色々あって夏休み中、しばらく葵さんのお家に滞在させてもらえることになったので、もしみなさんのご迷惑でなければ葵さんと一緒にお手伝いをしたいと思ってきたんです」

突然の申し出に誰もが困惑の色を浮かべているが、それも当然だろう。

突然現れたよそ者がなにを言い出すんだと思われても仕方がない。

「うん……ありがたい申し出だ」

だけどそんな中、しばらくすると君島さんが口を開いた。

「みんなに異論がなければお願いしたいと思うけど、どうだろうか？」

君島さんの呼びかけに驚きに口を噤んでいた人たちが徐々に声を上げる。

みなさん『葵ちゃんのお婿さんなら大歓迎ね』とか『やっぱり若い人が手伝ってくれないと盛り上がらない』などなど、なんの警戒もせずに手放しに歓迎してくれた。

葵さんに俺も手伝うと言った時、葵さんは『みんな喜んでくれる』と言ってくれていたが、内心ではよそ者だからという理由で拒否されても仕方がないと思っていた。

だからこうして受け入れてもらえたことが素直に嬉しい。

「そういうわけだから晃君、よろしく頼むよ」

「こちらこそ、よろしくお願いします」

改めて差し出された手を握り返す。

初めて会ったばかりなのに、仲間に入れてもらえたような気がした。

「さあみんな、晃君を歓迎したい気持ちは私も一緒だが歓迎会は後日改めてするとして、そろそろ作業に戻ろう。このまま歓談を楽しんでいると今日の作業が終わらないからな」

君島さんが大きく手を打って場を仕切る。

すると、みんな持ち場に戻って作業の続きに取り掛かった。

「晃君は後で声を掛けるから、ひとまず葵ちゃんの仕事を手伝ってあげて欲しい」

「わかりました。なにかお仕事があれば呼んでください」

「ありがとう。頼りにしてるよ」

こうして俺と葵さんは集会所の奥にある部屋に場所を移す。

そこは六畳くらいの和室でテレビと扇風機、小型の冷蔵庫が置いてある休憩室のようなスペースになっていて、テーブルの上にはノートパソコンとプリンターが設置されていた。

田舎の集会所にパソコン一式は少し浮いていると思ったが状況を察する。

「葵さんの仕事ってパソコン作業？」

「うん。私はポスターやチラシ、出店用のポップを作ったりしてるの」

葵さんは座布団に腰を下ろし、パソコンを起動しながらそう答える。

その隣に座って画面を覗き込むと、作成途中のポスターが表示されていた。

「お祭り用のポスターも自分たちでデザインするんだ」

「本当はデザイナーさんや印刷会社にお願いすると思うんだけど、ここは小さな村だから自分たちでできることは全部手作りなの。実際に去年まではよそにお願いしてたみたいなんだけど費用が高かったみたいで、私に作れないかって相談されてね」

「確かにお金の問題を考えればデザインだけでも自分たちでしたほうが安上がりだけど、ご年配の方々にとってはハードルが高すぎるか……こういうのも葵さんにお手伝いを依頼した理由というか、若い人の手を欲している理由の一つなんだろうな」

「うん。晃君の言う通り」

葵さんは手を動かしながら大きく頷く。

「それは若い人の方がいいってことじゃなくて、若い人には若い人の得意なことをしてもらって、ご年配の方にはご年配の方が得意なことをしてもらう。そういう他では当たり前の役割分担がここでは難しいってわかったから、私も手伝うことにしたんだ」

「でもそれって、すごく難しい問題だよな」

「うん。さらに言うと若い人たちがいたとしても、じゃあ、その人たちが手伝ってくれるかといえばそんなこともないんだよね。やっぱり歳《とし》の離れた人と距離を置く人はいるから」

ただでさえ若い人が少ないのに、世代を超えたコミュニケーションの壁がある。

葵さんがこんなにも受け入れられている理由がわかった気がした。

「でも葵さんがパソコン得意なんて知らなかったな」

「得意じゃないんだけど、このために覚えたの」

「このためだけに？」

「喫茶店の店長がね、いつもお店のメニュー表や店内のポップを作ってるから相談したら教えてくれたの。実はこのパソコンも店長が前に使ってたのを貸してもらったんだ」

葵さんのアルバイト先の喫茶店。

俺も学園祭前に少しだけ働かせてもらったけど、確かに店長がポップを作っていたな。

それにしても会わない間に料理ができるようになっていたり、人見知りの葵さんが地元の人たちと仲良くしていたり、パソコンでポスターを作れるようになっていたり……。

俺の知らない葵さんの一面をいくつも知って驚かされると同時、ふと思う。

葵さんが変わったように、俺もこの四ヶ月間で少しは変われたんだろうか？

「晃君、ちょっとアドバイスが欲しいんだけど」

「ああ。なに？」

それから俺たちはポスターのデザインについて意見を交わしながら制作を進めた。

といっても、俺は感想を言うくらいで葵さんのセンス優先で制作を進める。

学園祭の時も思っていたが、葵さんはこの手の美的センスがすごくいいんだよな。

教室の飾り付けなど全体のデザインは瑛士が担当していたんだが、最終的なチェックは実行委員の葵さんに相談していて、瑛士曰く貴重な意見をたくさん貰《もら》っていたらしい。

そう言えばバレンタインに貰った手作りチョコも可愛いデザインだったよな。

センスがいいのは貴重な才能だな、なんて思いながら作業を続けていると。

「晃君、少しいいかな？」

君島さんが部屋にやってきた。

「手伝って欲しい仕事があるんだ」

「わかりました。すぐに行きます」

「ありがとう。庭で待ってるよ」

部屋を後にする君島さんの背中を見送りながら立ち上がる。

「じゃあ、行ってくるよ」

「うん。頑張ってね」

葵さんと言葉を交わして部屋を後にする。

庭では集会所に来た時に見かけたように、ご年配の男性たちが日曜大工のようなことをしていて、辺りを見渡すと庭の端の方で作業をしている君島さんの姿を見つけた。

「お待たせしました」

「ああ、よく来てくれたね」

「なにをお手伝いすればいいですか？」

君島さんは手をとめて目の前にある木材を指し示す。

「お祭り会場に設置するやぐらの土台部分を作っているんだが、大きくて一人でやるには手が足りなくてね。私の助手のような感じで、色々手伝ってもらいたいんだ」

「わかりました。任せてください」

こうして俺は君島さんの指示のもと、やぐらの土台制作を手伝うことに。

あれを取ってくれとか、そっちを押さえてくれとか、運んでくれとか。簡単な作業ばかりとはいえ、夏の炎天下だから汗が噴き出し徐々に水分と共に体力が奪われていく。

一時間ほど作業を続けた後、水分補給をしようと休憩を取ることに。

「お茶でもどうだい？」

「ありがとうございます」

庭の木陰で涼んでいると君島さんがペットボトルのお茶を差し入れてくれた。

お礼を言ってお茶を受け取ると、君島さんは俺の隣に腰を下ろす。

「困惑させてすまなかったね」

君島さんは喉《のど》を潤すと、不意にぽつりと漏らした。

「初対面なのに大勢で質問攻めにするばかりか、お婿さん呼ばわりしてしまい、晃君を驚かせてしまったと思う。もしかしたら不快な思いもさせてしまったかもしれない。私も婿殿と呼んでしまったから言えたことじゃないんだが、申し訳なかったね」

君島さんは丁寧に頭を下げた。

「いえいえ、そんな……頭を上げてください」

こんなに年上の人に頭を下げられるのは初めてのことで焦る俺。

でもその姿を見て、君島さんが実行委員長を任されている理由がわかった気がした。

「この集落は村の中でも特に高年齢化が進んでいてね。子供や学生はもちろん、親世代の人たちも少ない。最近は年寄りと距離を置きたがる若者も多いから、私たちにとって分け隔てなく接してくれる葵さんは地域の年寄りたち全員の孫のような存在なんだ」

その言葉は葵さんとみなさんの関係を目にした今とてもよく理解できた。

この場にいる誰もが葵さんを受け入れ大切にしてくれているのは疑うべくもないが、それはみなさんだけではなく、葵さん自身も同じように大切に思っているからだろう。

そのくらいは出会ったばかりの俺でもわかる。

「そんな女の子がボーイフレンドを連れてきたとなれば、世話焼きな年寄りたちが盛り上がるのも無理はない。晃君にしてみたら不思議に思っただろうけど、みんな晃君が来ると知ってから会えるのを楽しみにしていてね。ここ数日は毎日その話で持ち切りだったくらいさ」

「そうなんですか？」

「ああ。だから初めて会った気がしないんだろう」

妙によくしてくれたのはそういうことか。

「謝っていただくようなことじゃありません。むしろお礼を言いたいくらいです」

「そう言ってもらえると気が休まるよ」

君島さんは少し安堵した様子で表情を緩めた。

「さて、もうひと頑張りお願いできるかな？」

「もちろんです」

こうして休憩を終えた俺たちは作業を再開する。

葵さんが地元の人たちに受け入れられていることが素直に嬉しい。

自分のことのように嬉しいという言葉は、こういう時に使うんだろうなと思った。

＊

その後、俺たちは夕方までお祭りの準備を手伝っていた。

お昼頃に帰る予定だったが、俺たちのお弁当も用意してくれていたためいただくことに。

だからというわけではないが、ご馳走になった手前、食べてすぐに帰りますというのも不義理な気がして、葵さんと相談しつつ午後も手伝うことにした。

まぁ午後に予定があるわけでもなかったしな。

でも本音を言えば、居心地がよかったからという理由の方が大きかったりする。

今日初めて会ったばかりなのに快く受け入れてくれて、なにより葵さんによくしてくれている人たちに受け入れてもらえたことが、自分でも驚くほど嬉しかったんだと思う。

「明日も手伝いに行こうか」

集会所からの帰り道。

夕日が田園風景をオレンジ色に染める中、俺は葵さんにそう提案してみた。

「私たちは助かるけど、お出かけとかしなくていいの？」

「おばあちゃんの気遣いのおかげで予定より長く滞在することになりそうだし、二人で出かける機会なら後でいくらでも作れると思う。瑛士たちと会う予定もあるから手伝える日も限られるし、予定がない日はなるべく手伝った方がいいと思ったのと……」

「思ったのと？」

「俺は葵さんと一緒にいられるなら、お出かけでもお祭り準備でも満足だからさ」

「うん……私も」

我ながらクソ恥ずかしい台詞《せりふ》を言ったような気がする。

でも、それがここにいる理由なんだから今さら照れる方が変だろう。

それに今にして思えば、すでに一度告白し合っている俺たちにとって、あの時以上に恥ずかしいことなんてありはしない。しかも朝まで一緒のベッドで寝ていたわけだし。

あの夜のことを思い出す方が百倍恥ずかしい。

「晃君、ありがとう」

「ああ――え？」

不意に手を包み込む温《ぬく》もりを感じて声を上げる。

自分の手に視線を落とすと、葵さんが俺の手を握っていた。

「えっと、嬉しくてつい……ダメ？」

「ダメじゃないよ」

やばい……ダメだ、前言撤回。

一緒に寝た思い出よりも、今こうして葵さんに触れている方がずっと恥ずかしい。

もう何度も手を繋いだことがあるのに、まるで初めて触れたような緊張感を覚えるのは突然だったからか、それともすでに想《おも》いを伝え合っているからか、それとも別の想い故か。

駅で再会した時に平気だったのは、特別な高揚感を覚えていたからだろう。

日が沈みかけて涼しいはずなのに体中が熱くて変な汗が出る。

「じゃあ、明日も手伝いに行こう」

「うん。きっとみんな喜ぶね」

「それはそうと葵さん」

「なに？」

「準備だけじゃなくて、お祭りも二人で行かない？」

去年の夏休み、お祭りに行った時に交わした約束を思い出す。

花火が打ちあがる少し前、また一緒にお祭りに来たいと口にした葵さんに『俺が転校したら毎年は無理かもしれないけど、必ずまた一緒に来よう』と約束した思い出。

さっそく約束を叶《かな》えられると思って誘ってみた。

「……葵さん？」

すると気のせいだろうか？

一瞬だけ笑顔に影が差したような気がした。

「どうかした？」

「ううん。なんでもない」

やはり気のせいか、それとも夕日の影がそう見せたのか。

「それはお祭りの日までいてくれるってこと？」

次の瞬間、葵さんはいつもと変わらない笑顔を浮かべていた。

「ああ。そのつもり」

この夏休み、葵さんと会うこと以外に予定はないから二十日まで滞在は可能。

宿題をやる時間があるか心配だが、そんなのは後からどうとでもなるだろう。

「楽しみだね」

こうして俺たちは今年も二人で夏祭りに行く約束をする。

去年はみんなで夏祭りに足を運んだけど今年は二人きり。

今から当日が楽しみで仕方がなかった。

第三話　いつもの五人

四日後の午前中、朝の九時を回った頃――。

「この辺りを歩くのも久しぶりだな」

俺《おれ》と葵《あおい》さんは瑛士《えいじ》と泉《いずみ》と会うため、アルバイト先の喫茶店に向かっていた。

葵さんの祖母の家から電車を乗り継いで前に住んでいた街に戻り、駅から歩いて喫茶店へ向かいながら、なに一つ変わることのない街並みに言葉にし難《がた》い感動を覚えていた。

「なんていうか、懐かしさより安心感みたいなものを覚えるよ」

「きっとこの街が晃《あきら》君にとって落ち着ける場所なんだね」

「そうなのかもしれないな」

葵さんにそう言われてふと思った。

「故郷に帰省する人って、こんな気持ちなのかな」

転校を繰り返してきた俺には明確に故郷と呼べる場所はない。

もはや記憶のない出生地は、俺にとって生まれた場所以上の意味を持たない。

もし故郷と呼べる場所を選んでいいのなら、俺はこの街を故郷にしたい――いつしかそう思うくらい、みんなと過ごしたこの街を大切に思うようになっていたらしい。

離れて初めて大切な場所だったと気づかされたように思う。

「自分にとって大切な場所は自分で決めていいと思う」

「葵さんもそう思う？」

「故郷という言葉には生まれた場所って意味だけじゃなくて、前に住んでいた場所や自分にとって縁の深い場所って意味もあるから」

街への想《おも》いを語る俺に、葵さんはそう言葉を掛けてくれた。

「縁の深い場所か……」

確かにこの街以上に縁を感じる場所はこの先もきっとない。

そんなことを思いながら歩いていると、すぐに喫茶店に到着。

俺はかつてアルバイトをしていた頃のように裏口のドアを開けて店内へ。

なぜ正面入り口ではなく裏口から入るかというと、今がまだオープン前だから。

というのも、時間を掛けて喫茶店まで来るなら葵さん的にシフトに入れてもらった方が時間の有効活用だと思い、店長に連絡して午前中だけ働かせてもらうことにしたから。

俺は適当に時間を潰《つぶ》しながら久しぶりに葵さんの制服姿も見られて一石二鳥。

どっちがついでかはともかく、そんなわけで開店前から喫茶店に来ていた。

「私は制服に着替えてくるから先に行ってて」

「ああ。店長に挨拶《あいさつ》しておくよ」

更衣室の前で葵さんと別れてホールへ向かう。

ドアを開けるとカウンターの中で開店準備をしている店長の後ろ姿が目に留まる。

ここで働いていた時に何度も目にしていたその姿に、図らずも懐かしさを覚えた。

「おはようございます」

「おはよう。久しぶりだね」

挨拶をすると店長はゆっくりと振り返る。

「よく来てくれたね。元気そうで安心したよ」

「店長もお店も、お変わりないようでなによりです」

「詳しい話は葵さんから聞いているよ。みんなが来るまで、いつもの席でゆっくりしてくれて構わない。飲み物はなにがいいかな？　すぐに用意して持っていこう」

「ありがとうございます。でも、その前に開店準備を手伝います」

「いやいや、お客さんにそんなことはさせられないさ」

「気にしないでください。俺が手伝いたいんです」

店長は少しだけ困った表情を浮かべると。

「ケーキくらいは差し入れしないとだね」

穏やかな笑みを浮かべてそう言った。

俺はさっそく掃除用のクロスを手にフロア中のテーブルを拭いて回る。

あわせてメニュー表の整理やテーブルの上に置いてある紙ナプキンとシュガーの補充など、時間が経《た》っても意外と覚えているものだと我ながら驚きつつ開店準備を進める。

「晃君、私も手伝うよ」

しばらくすると葵さんの声がフロアに響く。

「ああ、ありがとう――」

お礼を言いながら振り返った瞬間、久しぶりに目にした制服姿に思わず息を呑《の》んだ。

黒いシャツに同色のリボンタイを結び、長めのスカートに白いフリル付きのエプロン。

頭には白いカチューシャを着け、髪は少し高めの位置で結んだポニーテールというようにいつものスタイル。何度も目にした姿なのに、その美しさに改めて目を奪われる。

なんだろう……もういちいち全《すべ》てが懐かしい。

その都度感動しすぎて心が持たない。

「……なにか変かな?」

まじまじ見過ぎていたせいだろう。

葵さんは少し恥ずかしそうに腕を抱く。

「ごめん。懐かしくてつい」

「そ、そっか……」

「「……」」

一瞬の沈黙が流れる。

「よ、よし。開店準備の続きをやろう！」

「そ、そうだね！」

照れを振り払うように声を上げる俺と葵さん。

そんな俺たちを店長は微笑ましそうに眺めていた。

ちょっと気まずい。

その後、開店準備を終えて時間通りにお店はオープン。

夏休みとはいえ平日だから、朝一からお客さんでいっぱいなんてことはなかったが、時間が経つにつれて人が入り始め、一時間が経つ頃には半分くらいの席が埋まった。

そんな中、俺はなにをしているかというと夏休みの宿題だったりする。

俺はいつもの四人掛けの席に腰を掛け、お茶とケーキをいただきながら葵さんの制服姿を眺めていたが、さすがに見惚《みと》れ続けて時間を潰すのにも限界がある。

きっと時間を持て余すだろうと思った俺は宿題を持ち込んでいたってわけだ。

なにしろ去年は葵さんの祖母の家探しに追われ、宿題を忘れて痛い目を見た。

みんなは知らぬ間にやっていて、俺だけ新学期早々に居残りさせられるという悲劇。

もちろん葵さんと一緒に過ごすために来たんだから、宿題をやる暇なんてないに越したことはないんだが、そうは思いつつも念のために持ってきておいてよかった。

そんなこんなで葵さんの制服姿で目の保養をしつつ宿題をする俺。

集中と息抜きのバランスが良いのか思いのほか宿題が捗《はかど》る。

気づけば時計の針はお昼を回り、しばらく経った頃――。


「あ、いたいた！」

ドアチャイムが鳴り響くと同時に懐かしい声が店内に響いた。

驚くお客さんたちと同じく顔を上げると、そこには泉と瑛士の姿。

二人は葵さんに案内され俺の席まで来ると向かいに並んで腰を掛けた。

「泉さんと瑛士君はなににする？」

「私は抹茶ラテといちご大福」

「僕はアイスコーヒーで」

「少し待っててね」

葵さんは二人の注文を取るとカウンターの奥へ戻っていく。

「いつから抹茶ラテといちご大福なんて扱うようになったんだ？」

少なくとも俺がアルバイトをしていた時はなかったぞ。

「店長にお願いしたらメニューに加えてくれたの♪」

「あんまり無茶言って迷惑かけないでくれよな」

「大丈夫。他のお客さんにも好評らしいから」

「本当かよ」

そんな泉とのなにげない会話に思わず笑みが零《こぼ》れた。

久しぶりの再会を喜ぶわけでもなく、元気にしていたかと聞くこともない。まるで昨日も一緒に過ごしていたかのような、月日の流れを微塵《みじん》も感じさせないやり取り。

変に気を使わない泉らしさが嬉《うれ》しかった。

「二人とも元気そうでよかったよ」

とはいえ挨拶くらいはさせて欲しい。

すると瑛士が泉の代わりに返してくれる。

「晃こそ、変わりないようだね」

「ああ。おかげさまで楽しくやってるよ」

「なーんだ。てっきり私たちと会えなくて寂《さび》しがってると思ったのにな〜」

いつもの調子でからかってくる泉。

今はこういういじりすら懐かしく感じる。

「楽しくしてるからって、必ずしも寂しくないかといえばそうじゃないさ。瑛士にも泉にも、もちろん葵さんにも会えなくて寂しく思ってた。こうして会えて嬉しく思ってるよ」

「そ、そんなはっきり言われると……」

泉は面を食らった様子でごにょごにょ。

珍しく照れた感じで言葉を濁した。

「晃君って、そういうこと面と向かって言うタイプだったっけ?」

「ん? どうだろうな。思ったことを口にしただけだが」

「なんか変わった?」

いやいや、むしろ俺が聞きたいくらいだわ。

そういうのは本人に聞いてもわからないもんだろ。

「どちらにしても、僕らも会えて嬉しく思っているよ」

こうして再会の挨拶を済ませた直後。

「お待たせしました」

タイミングを見計らったように葵さんが注文の品を持ってきてくれた。

「葵さん、ありがとう!」

泉はいちご大福を受け取るなり一口でぺろりと平らげる。

そんなに慌てて食べて喉《のど》に詰まらせても知らないぞ。

「少し早いけど、店長がみんな揃《そろ》ったなら上がっていいよって言ってくれたの。みんなの昼食だけ注文してから上がろうと思うんだけど、なにがいいかな？」

「そうだな――」

というわけで、葵さんも一緒にみんなでメニュー表に視線を落とす。

俺はカレーライスをお願いし、瑛士はサンドイッチのセット。泉はナポリタンといちご大福をお代わりし、葵さんはオムライスとよもぎ饅頭を頼むことにした。

ていうか、よもぎ饅頭もあるのか……。

なんだか喫茶店らしからぬメニューが増えている気がするがそっとしておこう。

しばらくすると私服に着替えた葵さんが戻ってきて、それから少しすると店長が注文した品を運んできてくれて、小腹の空いた俺たちは歓談しながら昼食を食べ始める。

積もる話に花を咲かせながら食事を楽しむこと一時間――。

ふと時計に目を向けると十四時を過ぎていた。

「そろそろ来る頃だと思うけど」

そう口にした直後、ドアチャイムが鳴り響く。

入り口に目を向けると、そこには旅行用トランクを引く日和《ひより》の姿があった。

「あーんもう！　日和ちゃん久しぶり～♪」

泉は日和を見るなり席を立ち、駆け寄った勢いそのままに抱き締めた。

まるで猫でも可愛《かわい》がるように頬《ほお》ずりをする泉と、クールな表情で受け入れる日和の図。これまで何度も目にしてきた二人の恒例行事にみんな揃って笑みを零した。

「日和ちゃん元気にしてた？　してたよね？　ちょっと吸っていい？」

聞いておいて返事を待たないのもいつものこと。

泉は日和のふわふわの髪に顔を埋めて深呼吸。

「はあああぁ……」

これも泉と日和が会う度に行われる再会のルーティン。

動画サイトで猫好きな人が猫に顔をうずめて深呼吸したり、猫を口に入れて食べようとしたりする姿を見かけるが、泉にとってはそれと似たような感じで愛情表現の一つらしい。

日和と会う度にこんなことをしているが、傍から見たらヤバい奴《やつ》なので入り口でやるのは遠慮してもらいたい。他のお客さんには刺激が強すぎるようで軽く引いていた。

なんか本当にごめんなさい……。

「あぁ〜落ち着くぅ……」

とろけるような表情を浮かべながら冷静さを取り戻していく泉。

日和も慣れた様子で泉の頭をよしよしと撫でてあげている。

最近はもう日和の方が年上にしか見えない。

「泉も元気みたいで安心した」

日和は店長に飲み物をお願いすると、抱き付いて離れない泉を引きずりながら俺たちの席までやってくる。

四人掛けの席のため、いわゆるお誕生日席に椅子《いす》を用意して腰を下ろした。

「日和ちゃん、久しぶりだね」

「久しぶり。葵さん、元気にしてた？」

「うん。日和ちゃんも元気そうでよかった」

「ん。また会えて嬉しい」

普段から感情を表に出さない日和は嬉しいと言いつつもクールな表情を崩さない。

だけどわずかに口角を上げ、そわそわと肩を揺らしている辺り本当に嬉しいんだろう。

葵さんと日和が出会った当初、日和がこんなに葵さんに懐くとは思ってなかった。

葵さん曰く、日和とはちょくちょく個別でメッセージのやり取りをしているらしく、他愛もない話から真剣な話も含め、色々と相談に乗ってあげているらしい。

俺は日和から相談されたことなんて一度もないんだけど……。

そんな悲しい事実はさておき、日和が俺について余計な話をしていないか葵さんに尋ねたら『それは秘密……』と言葉を濁されたんだが、濁す時点でお察しなわけで……。

それ以上触れるのは俺の心が持たなそうなのでやめておいた。

なにはともあれ二人が仲良くしているのは良いことだ。

「さて、全員揃ったことだし本題に入ろうか」

日和の飲み物が届いたところで、瑛士がそう言って話を切り出した。

そう、今日集まったのは他でもない、みんなで夏休みの予定を決めるため。

事前に予定を決めようという話も出たんだが、五人もいるとメッセージでやり取りするのは大変だから、会う日だけ決めて細かいことは当日に決めようということになっていた。

「とは言っても、実はもう決めてあるんだけどね」

「そうなのか?」

寝耳に水すぎて思わず尋ねる。

「夏休みはどこも混みあうから直前の予約じゃ間に合わない。事前に泉と葵さんと相談して行き先を決めて、夏休みに入る前に僕の方でまとめて予約しておいたんだ」

瑛士はスマホを手にし、五人のグループメッセージにURLを送ってくる。

開いてみると、表示されたのは隣の県にあるグランピング施設のサイトだった。

グランピングという言葉に馴染みがない人も多いと思うが、簡単に言えば施設側がキャンプに必要な道具を一式揃えてくれている、手ぶらでキャンプを楽しめる宿泊施設のこと。

近年ニュースや旅行サイトで取り上げられることも増えて人気らしい。

「おおぉ……なんかよさそうなところだな」

トップページには海沿いに並ぶドーム型のテントと、そこから望むオーシャンビュー。

ドームごとに専用のバーベキュースペースやシャワールームが備え付けられていて、予約をすれば貸し切り温泉やサウナも利用できるという、まさに至れり尽くせりな環境。

早朝は水平線から昇る朝日が幻想的で、恋人たちに人気のスポットらしい。

内陸の県に住む俺たちにとって海を見に行けるだけでもわくわくする。

「いつも晃に相談せずに決めて申し訳ないね」

「いや、いつも先駆けて手配してくれていて助かるよ」

思い返せば期末テストの打ち上げで行った日帰り温泉施設も、夏休みにお世話になった瑛士の家の別荘やクリスマスに行った卒業旅行も、全《すべ》て瑛士と泉が手配をしてくれていた。

その度に泉に『俺の予定が合わなかったらどうするつもりだったんだ』と尋ね『その時はおいていく』という、優しいのか優しくないのかわからないことを言われたりした。

そんな泉の茶目っ気溢《あふ》れる冗談すら今になってはいい思い出なのはさておき、瑛士のように気を回して動いてくれる奴が友達の中にいると頼もしい。

「日程はいつからいつまで？」

「週明け、九日から十一日までの二泊三日で予約してある。日和ちゃんがこちらに滞在するのが十一日までなのと、それより遅いとお盆休みと重なって混みあうと思ってね」

「確かに。でもそれなら今週末でもよかったんじゃないか？」

疑問を口にすると瑛士の隣で泉が手を上げ。

「私と葵さんは土曜日に予定があるの。できれば晃君も」

「予定はともかく俺も？」

葵さんからは特になにも聞いていない。

「葵さんには私から晃君に相談するって言っておいたの」

「なるほどな。それで、どんな予定なんだ？」

「去年の一学期、学校主催の奉仕活動で児童養護施設に行ったの覚えてる？」

「ああ。もちろん」

当時、学校内で不良の金髪ギャルだと思われていた葵さんの評判を改善するための対策として、学校主催の奉仕活動に参加してクラスメイトや教師の印象を良くしようとした試み。

俺と葵さんと泉の三人で出向き、子供たちの遊び相手をしてあげた。

「今も定期的に参加してて、土曜日に児童養護施設を訪問する予定なの」

「そこに俺にも付いいてきて欲しいってわけか」

「そう言うこと♪」

そう言うことなら考えるまでもない。

「わかった。俺も行くよ」

「本当⁉」

「断る理由はないし、葵さんが行くのに俺だけ葵さんの家で待ってるのもあれだしな」

「ありがとう！　夏休みは生徒の参加が少なくて、先生から心当たりのある生徒がいたら声を掛けて欲しいって言われて困ってたの。やっぱり困った時は頼れる友達だよね！」

泉は喜び以上に安堵《あんど》した様子で肩の力を抜く。

葵さんから相談してくれてもよかったのにと思ったが、泉がそうしなかったのは奉仕活動の仕切りを任されている責任感からだろう。

「今回は日和ちゃんも一緒だから、旅行前の一仕事ってことでよろしくね♪」

「日和も一緒なのか。それならなおさら断れないな」

児童養護施設か……あの時の女の子、元気にしてるかな。

それはさておき。

「海に行くってことは水着が必要だよな？」

「うん。私たちはもう水着を新調済み」

すると泉は手の甲で口元を隠しながら俺に顔を近づける。

なにやら企《たくら》んでいそうな笑顔が気になりつつ耳を傾けると。

『今年も葵さんの水着はすごいよぉ……』

なんだって——⁉

図らずも葵さんの去年の水着姿が頭をよぎる。

白をベースに彩《いろど》り豊かな花柄のデザインをあしらったフレアビキニ。

カラフルな色合いながら派手すぎることはなく、布面積が少なめなのにいやらしさよりも清純さが際立《きわだ》っていて、葵さん自身の落ち着いた雰囲気と合った素晴らしい水着だった。

なにより長い髪をアップにすることでお目見えしていたうなじが最高。

夜な夜なスマホに収められた写真を見返した回数は数知れず。

『去年の水着に負けず劣らず。葵さんも大胆になったよねぇ』

『マジですか⁉』

思わず心の声が漏《も》れてしまったがギリギリ小声で踏み留まる。

あれよりも魅力的な水着姿が見られるなんて、今からあっちもこっちもマーベラス。思わず葵さんをモデルに脳内で水着のファッションショーを始めると、隣から妙な圧を感じた。

「……二人とも、小声でも聞こえてる」

葵さんは羞恥の極みのような表情を浮かべながら俺にジト目を向けてくる。

どうしよう……そんな瞳《ひとみ》で見られたら色々な意味でドキドキしてしまい、申し訳ない気持ちになると同時、俺の心の奥で硬く閉ざされているイケない扉が開いてしまいそう。

その表情のまま軽く俺を罵《ののし》ってみて欲しい。

「えっと、なんていうか……ごめんなさい！」

バカな期待に応《こた》えてもらえるはずもなく、こういう時は素直に謝るのが一番。

今さら隠そうとしたところで全部バレているから言い訳をするだけ無駄。

「みんな水着を購入済みか。じゃあ俺も買いに行かないとな」

さすがに海に行くとは思わなかったから持ってきていない。

となると、いつ買いに行くかだけど。

「日和、この後一緒に買いに行くか？」

「大丈夫。私は泉から聞いてたから買ってある」

「……そっか」

いつも通り俺だけ聞いていないパターンだった。

今さら驚きはしないけど少し寂しい。

「晃君、私と一緒に買いに行こ」

「ああ。ありがとう」

葵さんの優しさが身に染みる。

「さて、当日の細かなスケジュールをすり合わせようか」

こうして俺たちは瑛士を中心に二泊三日の旅行計画を確認。

初日は十時にこの街の駅で待ち合わせ、電車を乗り継いで最寄り駅まで二時間半。

途中で食材を買ってからグランピング施設に向かい、初日は海とバーベキューを楽しむ。

近くには海の他にも色々な観光スポットがあるらしく、二日目と三日目は決め打ちせずに気分次第で行きたいところを決めればいいだろうということになった。

話しているうちに楽しくなってしまい、みんな遠足前の小学生みたいなテンションで話し込むのは久しぶりの海だからか、それとも久しぶりにみんなが揃ったからか。

その後、あれもしたいこれもしたいと夕方まで盛り上がったのだった。


夕方になり、俺が水着を買いに行くため少し早く解散することにした。

もてなしてくれた店長にお礼を言って喫茶店を後にする。

「じゃあ土曜日、児童養護施設でな」

「うん。よろしくね」

「じゃあ行こうか」

瑛士と泉に別れを告げてショッピングモールに向かおうと歩き出す。

だけどどうしてか、日和は泉の隣から離れようとしない。

「日和、行くぞ」

「私は行かない」

日和は当然のようにそう言った。

「行かないって、じゃあこの辺で待ってるか？」

「そうじゃなくて、私は晃と葵さんと一緒に帰らない」

「……ん？」

なにかお互いの間に明らかな齟齬《そご》を感じる。

日和の滞在期間は俺に比べて短く、グランピング旅行最終日の十一日まで。

それまでは俺と一緒に葵さんの祖母の家にお世話になろうと話していて、葵さんにも葵さんの祖母にもその旨は了解を得ているから、当然葵さんもそのつもりでいてくれている。

俺たちと一緒に帰らないなら、いったいどうするつもりなんだろうか？

頭の中で状況の整理をしていると。

「私は泉の家に泊まらせてもらう」

「泉の家に？」

いやいや、初耳すぎるだろ。

「そもそも葵さんのおばあちゃんのお家でお世話になろうってお話は晃が提案してくれただけで、私はお願いしてない。ていうか、そんなお邪魔なことできるわけないでしょ？」

「うぐっ……」

妹から突き付けられる気遣いという名の正論が突き刺さる。

「おばあちゃんがお友達の家に泊まりに行って二人きりならなおさら」

「なんで日和がそれを知っている⁉」

なんでもなにも答えは一つしか考えられない。

葵さんに視線を向けると、露骨に目を泳がせて明後日の方向を向いていた。

まぁ……俺の知らないところで仲良くしてくれているのは本当にいいことだよな。

「そんなわけで、日和ちゃんは私が責任をもって預かるから安心して♪」

泉は日和の肩を抱き、任せてと言わんばかりに親指を立てて見せる。

まぁ日和が泉の家に泊まりに行くのは初めてじゃないし、むしろこっちにいた頃は頻繁に行っていた。泉の親もよくしてくれているみたいだし心配ないどころか安心しかない。

こうなると、いよいよ夏が終わるまで葵さんと二人きりか……。

「悪いな泉。よろしく頼むよ」

「まっかせて♪」

こうして日和を泉に任せて解散したのだった。


その後、ショッピングモールに着いた俺たちは水着の特設売り場へ。

俺は着られるならなんでもいいと思い、試着もせずに手頃な価格帯の中から適当に選んでレジに向かおうとしたんだが、なんと葵さんからストップがかかった。

「晃君、適当に選ぼうとしてるでしょ？」

あっさりバレて、まさかの異議申し立てを受ける俺。

仕方なく葵さんに手伝ってもらい、ちゃんと選ぶことにしたんだが……急遽《きゅうきょ》、葵さんプロデュースによる俺をモデルにした水着のファッションショーが開催されることに。

更衣室に押し込められ、葵さんが持ってくる水着を着替えては見せ、着替えては見せる。

試着した数が二十着を超えた頃、ようやく葵さんのお眼鏡《めがね》にかなう水着が決定。

正直とても疲れたが、葵さんが満足そうにしていたからよしとしよう。

なんだか葵さんの新たな一面を垣間見た気がした。

＊

葵さんの暮らす村まで戻ってきたのは十九時を過ぎた頃——。

その後、俺たちは駅の近くのスーパーで食材を買ってから家に向かう。

すでに二十時を過ぎ、夏とはいえ日が落ちて辺りはだいぶ暗くなっていた。

前に俺たちが暮らしていた街は街灯や二十四時間営業のお店が多く、街並みから明かりが途絶えることはなく、夜の一人歩きも大きな道を選べばさほど心配はなかった。

だけどここは駅周辺を離れた途端、街灯の数が減って暗くなる。

なんとなく心もとなさを覚えた俺たちは自然と手を繋《つな》いで歩いていた。

「夜にこの道を一人で歩くのはちょっと怖いよな……」

男の俺でもそう思うんだから女性ならなおさらだろう。

電柱に貼《は》ってある『不審者注意』の張り紙が余計に不安を駆り立てる。

「私も引っ越してすぐは怖かったけど、慣れると意外と平気。いつもは自転車だしね」

「いや、それでも葵さん一人だと思うと心配だよ。アルバイトの帰りとか、遅くなるようなら俺に電話してくれていいからさ。電話してれば最悪なにかあっても対処できるし」

「うん……ありがとう。晃君は優しいね」

「いや……その方が俺も安心できるしさ」

「今度から帰りが遅くなる時は電話させてもらうね」

「ああ。いつでも――？」

葵さんが嬉しそうに声を弾ませた次の瞬間だった。

俺の手を握る力が一瞬強くなると同時、ぴたりと足をとめる。

不穏な空気を感じて視線を向けると、その表情から笑顔が消えていた。

「葵さん？」

その視線の先を追うと、道の先にあるコンビニの明かりが目に付いた。

ここに来た初日、葵さんの家に向かう途中にも見かけた村唯一のコンビニ。

人が少ない村とはいえ一軒だけだから利用する人が集中するのか、駐車場は車で埋まっていて、その端では地元の高校生らしき制服姿の男たちが集まって歓談している。

もしかしたら地元の若者にとって唯一のたまり場なのかもしれない。

葵さんは明らかに彼らを気にしている様子だった。

「知ってる人たち？」

そう尋ねると葵さんは小さく頷《うなず》いた。

「この村に住んでる男の子たち」

「仲が良かったりするの？」

「ううん。知ってるだけ」

葵さんは思い出したように笑みを浮かべて答える。

だけど、それは明らかに作り笑いに見えた。

「そっか……」

男子高校生たちはお世辞にも素行がよさそうな感じには見えない。

不良と呼ぶほどではないにしろ、俺たちとは明らかに合わないタイプに思えた。

葵さんがあの手の連中と知り合いなのは意外だが、村の数少ない高校生なら通う高校が違うとしても面識を持つ機会はあるだろう。それこそお祭りなどの村の行事で。

それでも葵さんが彼らと仲良くするとは思えないが。

「日が落ちて涼しくなってきたし、少しお散歩して帰らない？」

すると葵さんはコンビニに背を向けて提案してくる。

まるで彼らの傍に近づきたくないと言っているようだった。

「そうだな。そうしようか」

俺たちはコンビニの手前で十字路を曲がり、少し遠回りをして帰路に就く。

葵さんはすぐにいつもの様子に戻っていたが、彼らを見た直後の凍りついたような表情が、いつまでも頭の片隅から離れなかった。

第四話　もしも人が変わるとしたら

そして迎えた土曜日の午後――。

俺《おれ》と葵《あおい》さんは約束の時間に児童養護施設の玄関前で泉《いずみ》たちを待っていた。

ここはいわゆる親と一緒に暮らすことができない子供たちが入所している施設。

その理由は様々だが、泉曰く、この手の施設は市内をはじめ県内に数多くあるらしい。

そんなに親と一緒に暮らせない子供たちがいるのかと驚いたが、そういう家庭は年々増えているらしく、よくよく考えれば出会った頃の葵さんも同じような境遇だった。

もしタイミングが違っていたら葵さんもお世話になっていたかもしれない。

当時ここに来た時は、そんなことを考えさせられたりもした。

「あれから、もう一年以上が経《た》ったのか」

「うん。あっという間だよね」

ここに足を運んだのは去年の一学期、葵さんの付き添いで足を運んで以来。

その後も葵さんと泉は定期的に訪れているらしく、そのおかげもあって教師たちの葵さんへの誤解も早々に解け、施設の職員からも頼りにされていると泉から聞かされていた。

「ところで今日はなにをする予定なの？　遊び相手？」

「最初は夏休みの宿題を見てあげて、その後に遊び相手になってあげる予定」

「なるほど」

　小中学生の勉強ならさすがに見てあげられないことはない。

　無尽蔵の体力を持つ子供たちの遊び相手を一日中は、正直しんどいから助かる。

「二人ともお待たせ～♪」

　なんて安心していると泉と日和《ひより》がやってきた。

　さっそく泉を先頭に施設の中へ入り、職員室へ向かう。

「こんにちは！」

　ドアを開けると同時に泉の元気な挨拶《あいさつ》が職員室中に響き渡る。

　すると気づいた若い女性職員の方が俺たちのもとにやって来た。

「今日もよろしくお願いします♪」

「よろしくお願いします。今日は初めての方もいらっしゃると伺ってますが――あら？」

　女性職員さんは俺の顔を見ると首を傾げて考えるような仕草を見せる。

　するとすぐに、なにかを思い出したようにぱっと笑顔を咲かせた。

「男性の方、前に一度来ていただいたことがありましたよね？」

　え――。

「あれは確か……一年くらい前だったと思いますけど」

「確かに以前、この二人と一緒に伺ったことがあります」

「やっぱり！　また来ていただいてありがとうございます！」

女性職員の方は嬉《うれ》しそうに胸元《むなもと》で手を叩《たた》く。

「よく覚えてましたね。一年以上も前のことで、しかも一度だけなのに」

「来てくださる方の多くは女性で男性は少ないので、印象に残っていたんだと思います」

なるほど……確かに前に来た時も男は少なかったな。

だとしても、よほど印象に残らない限り普通は覚えていない。

「ではご案内しますね」

記憶力がいい人なんだろうと思いつつ、俺たちは女性職員さんに案内されて学習室へ向かう。

入り口のドアを開けた瞬間、小さな子供たちが一斉に泉と葵さんを取り囲んだ。

「みんな久しぶりー！」

大歓迎を受ける二人を一歩離れた場所で見ている俺と日和。

まるで芸能人でも来たかのような歓迎ぶりに驚くというよりもびびる。子供たちにとってたまに来てくれる歳《とし》の離れたお姉さんは、もはやアイドルみたいなものなんだろう。

にしても揉《も》みくちゃにされるほどの人気はすごいけど。

「よーし。ちゃちゃっと宿題終わらせて、その後はみんなで遊ぼうね！」

泉の号令にみんな一斉に『はーい！』と声を上げて宿題に取り掛かる。

さっそく俺と泉は中学生を、葵さんと日和は小学生の宿題を見てあげることに。

正直なところ小中学生が相手だから『宿題なんてやりたくない』とか『それより遊ぼう』とか我儘《わがまま》を言う子もいると思ったが、意外なことにみんな集中して机に向かっている。

泉にこっそり尋ねると、みんなこの後の自由時間を楽しみにしているから早く終わらせようと一生懸命らしく、勉強を教えに来た時はいつもこんな感じらしい。

中には七月中に宿題を終わらせて自主的に勉強をしている子もいるとか。

去年夏休みの宿題を終わらせられなかった俺には耳が痛い話。

今年は子供たちを見習って俺もちゃんと終わらせよう。

「おねえちゃん、ここ教えて」

「うん。どれかな」

すると一人の男の子が葵さんに声を掛ける。

葵さんは男の子の隣の席に座ると、丁寧に勉強を教えてあげ始めた。

安易に解き方や答えを教えるのではなく、男の子としっかりと対話をしながら自分で答えに辿《たど》り着けるように導く葵さん。その姿は、まるで本物の先生みたいに見えた。

いや、みたいではなく、この男の子にとっては先生なんだろう。

ふと思った——葵さんはきっとこういうことがとても向いている。

勉強を教えることではなく、子供とのコミュニケーション的な意味で。

「お兄ちゃん、私も教えて欲しい」

なんて考えていると、女の子が俺の服の袖《そで》をそっと摑《つか》む。

「ああ。どこがわからないのかな？」

女の子の隣に腰を掛けて手元のノートを覗《のぞ》き込む。

俺は葵さんが男の子に教えている姿を参考に教えてあげた。


その後、途中少しの休憩を挟み宿題に区切りがついたのは二時間後――。

正直、中学生はともかく小学生の子供たちの集中力がこんなに続くとは思わず驚いたが、それだけ泉や葵さんたちと遊ぶことが、この子たちにとっての楽しみなんだろう。

レクリエーションルームに移動した俺たちは子供たちと一緒に遊び始める。

泉は小学生たちと鬼ごっこを始め、日和は歳の近い中学生女子の相手。俺は小中学生男子と一緒にサッカーなど。葵さんは自由時間から合流した幼稚園生の相手をしてあげる。

今日は時間が空いているのか、職員さんも何人か参加していた。

そして遊び始めること三十分――。

「ごめん……お兄さん、ちょっと休ませてもらうわ……」

息も絶え絶えという言葉はこういう時に使うんだろう。

小中学生の無尽蔵の体力の前に、帰宅部の高校生が張り合えるはずもない。

デジャブというか、前に来た時もこんな感じだったことを思い出しながら呼吸を整える。

我ながら体力のなさに絶望しつつ、さすがに運動不足解消のためにジョギングの一つも始めようかと考えながらレクリエーションルームの端で壁に背を付けて座り込んだ。

「よかったらどうぞ」

「ありがとうございます」

すると訪問時に挨拶をした女性職員の方がお茶を差し入れてくれた。

ペットボトルの蓋を開けて喉《のど》を潤し、ようやく一息ついて辺りを見渡す。

「ん？　あの子って……」

葵さんの姿を見つけると同時、思わず言葉が漏《も》れた。

なぜなら一緒に遊んでいる小さな女の子の姿に見覚えがあったから。

「ああ、そうでしたね」

女性職員は不意に声を上げる。

「あなたのことを覚えていた理由がわかりました」

そう納得した様子で呟いた。

「あの子が葵さんと初めて出会った日、あの子のことを聞かれましたね」

「やっぱり、あの時の女の子──」

おぼろげだった記憶が鮮明に蘇《よみがえ》ってくる。

俺と葵さんが初めてここに来た時、あの女の子と出会っていた。

レクリエーションルームの隅で一人絵を描いていて、誰《だれ》が話しかけても返事をしてくれることはなく、まるでこの世の孤独の全《すべ》てを一人で抱え込むように孤立していた女の子。

その寂《さび》しそうな姿は、雨の公園で葵さんを見かけた時の姿を彷彿《ほうふつ》とさせた。

葵さんはそんなあの子に寄り添い、話しもせずに傍で見守っていた。

「それにしても驚きました……」

驚いているのは俺も一緒。

「あの時の女の子が、あんなに笑顔で友達と遊んでいるなんて」

当時の面影はすっかり消えて元気いっぱい。

にわかに信じ難《がた》い光景だった。

「葵さんのおかげなんです」

「葵さんの？」

女性職員さんは深い感謝の念を滲《にじ》ませながら頷《うなず》く。

「あの子はここに来てから誰にも心を開かなかった。でも葵さんだけに心を許したんです」

ふと帰りがけに、あの子が葵さんを引きとめた姿を思い出す。

今にして思えば、出会った日からその片鱗《へんりん》はあったのかもしれない。

「その後も、葵さんは毎月必ずボランティア活動で足を運んでくれて、それどころか、ボランティア活動がない時も個人的に会いに来てくれたんです」

ボランティア活動がない時まで会いにきていたのか。

ずっと一緒に住んでいたのに知らなかった。

「次第に葵さんとお話しするようになって、葵さんが他の子供たちとの橋渡しになってくれて、少しずつ……本当に少しずつですが同年代の子供たちと打ち解けていきました。上手《うま》くコミュニケーションが取れない時も葵さんは急かすことなく、あの子のペースに合わせてずっと寄り添ってくれたんです。私たち職員でも無理だったのに……」

その話を聞いて、葵さんと出会った頃のことを思い出した。

当時、俺は葵さんの悪い噂を解消したくて泉にクラスメイトとの橋渡しを頼んだ。

人見知りで輪に溶け込むことができずにいた葵さんだったが、泉に手を引かれ少しずつクラスメイトと仲良くなり、学園祭をきっかけに俺の手助けがいらないくらい打ち解けた。

それどころか転校する頃には俺よりクラスに馴染んでいたくらいだ。

聞かせてもらった話は、まさにそれと同じだと思った。

「葵さんにはみんな、本当に感謝しているんです」

女性職員さんはそこまで話すと丁寧にお辞儀をしてから席を外す。

するとすれ違うように飲み物を手にした泉がやってきた。

「職員さんとなに話してたの？」

どうやら俺たちのやり取りを見ていたらしい。

泉はそう尋ねると俺の隣に腰を下ろした。

「葵さんと一緒にいる女の子のことを教えてもらってた」

「ああ。あの子……変わったよね」

その口ぶりから泉も状況を把握しているのは明らかだった。

「あの子が変わったのは、たぶん葵さんと出会えたからだと思う」

言葉は憶測を意味している。

だが、その言葉尻は確信に満ちていた。

「どうしてそう思うんだ？」

「あの子にとっての葵さんは、葵さんにとっての晃君《あきら》と一緒だから」

「葵さんにとっての俺――――？」

「葵さんが晃君と出会って変わったように、あの子は葵さんと出会って変わった」

泉は飲み物で喉を潤してから言葉を続ける。

「私はね、人は変われないと思ってたんだ」

言葉だけ受けとめれば、やや否定的にも聞こえるだろう。

でもその声音は、いつも元気な泉にしてはずいぶん穏やかだった。

「人は良くも悪くも、そう簡単には変われない。十年や二十年かけて築いてきた人間性が簡単に変えられるはずないよねって思ってたし、変わらないことが自分らしさなんだとも思ってた。だから私はなにがあっても変わらず、死ぬまで私らしくいようって思ってた」

瑛士《えいじ》と違い泉がこの手の話をするのは珍しい。

だけど、俺には泉の言葉はとてもよく理解できた。

なぜなら、浅宮《あさみや》泉という女の子は常になにがあってもぶれない。

どれだけ周りの奴《やつ》らに白い目で見られようと金髪ギャルだった頃の葵さんに声を掛け続けていたし、周りの声に振り回されることも、自分の意思を曲げることも基本的にない。

それはまるで自分らしくいることに誇りを持っているかのように映る。

事実それは、浅宮泉という人間の魅力そのものなんだと思う。

「でも晃君と葵さんの関係を傍で見てきて人は変われるんだって思ったし、変われることは素敵なことだって思ったんだ。人は簡単に変われないけど、もし変わることができるとしたら、それはきっと――自分を変えてくれるほど大切な人との出会いなんだと思う」

「出会い、か……」

「自分を変えてくれるほどの相手と出会える人はすごく少ないと思う。もし出会えたら運命だし、その人と恋人として結ばれたりしたら、それはもう運命以上に奇跡だと思う」

「運命以上に奇跡か……」

自分を変えてくれる相手は友達だったり先輩だったり、会社の同僚や上司もあり得る。様々な関係の人がいる中で、確かにそんな相手と出会えることは少ないのかも知れない。

泉の言う通り、もし好きになった人がそうだったら奇跡だよな。

「……少しだけ、葵さんやあの女の子が羨《うらや》ましいよ」

泉が誰かを羨ましく思うなんて初めて聞いた。

それは泉の本心なんだろう。

でも――。

「羨ましがる必要なんてないだろ」

俺からしてみたら泉も充分羨ましい。

「なにも変わることだけが素晴らしいわけじゃない。泉のように自分らしさを大切にして、変わらないでいようとする姿勢も素晴らしいと思う。少なくとも俺の知っている浅宮泉って女の子の魅力は、いついかなる時も自分らしさを見失わない芯《しん》のあるところだと思う」

「晃君……」

「それにさ、泉と瑛士の出会いだって運命や奇跡だろ？」

「わたしと瑛士君が？」

すると泉は一瞬だけ驚いた表情を浮かべる。

いつもの調子に戻り笑い声を上げると。

「ないない♪」

顔の前で手を振って緩い感じで否定した。

「私と瑛士君のお付き合いは、そんなロマンティックな関係じゃないよ。少なくとも私たちはお互いの出会いを運命だとは思ってない。もっと地に足の着いた関係だから。でも――」

泉は続ける。

「運命の出会いじゃないからこそ、一緒にいられる努力が必要なんだと思う。奇跡じゃないからこそお互いを大切にして、言葉と想《おも》いを交わして、一緒にいられる努力を諦《あきら》めない」

その言葉を聞いて、瑛士がいつも言っていた言葉を思い出した。

瑛士にとって口癖のような言葉であり、ずっと俺の指針になっていた言葉。

――基本的に人と人はわかり合えない。

――言葉にせずにお互いを理解するのは不可能。

――だからこそ、思っていることを言葉にすることが大切。

ああ、そうか……ようやく瑛士の言葉の意味がわかった気がする。

泉と瑛士が人目を憚《はばか》らず愛を語るのは、きっと一緒にいるための努力の形。

運命でも奇跡でもないと理解しているが故に、大切なものを守るための方法の一つ。

なんていうか……人と人の付き合いの形は千差万別なんだと改めて思った。

「私のこの気持ちはないものねだり。隣の芝生が青く見えるだけで、私と瑛士君は充分幸せだから心配しないで。私がなにを言いたいかっていうと、あの女の子にとって葵さんは運命の相手だった。でも葵さんにとって晃君との出会いは『運命かつ奇跡』なんだよってこと」

泉はいつもの悪戯《いたずら》っぽい笑みを浮かべて口にした。

ようやくいつもの泉に戻り俺は胸を撫でおろす。

「でも、どうだろうな……」

納得はしているけど不安もある。

「なにが？」

「俺が葵さんにとって変わるきっかけになれたのなら嬉しいけど、俺は葵さんと出会ってなにか変わったのかな……正直、一ミリも変わったり成長できたりした実感はないんだが」

再会して以来、俺から見ても葵さんは変わったと感じている。

でも自分のこととなると、ぶっちゃけ全くわからない。

「まぁ一ミリくらいは変わったんじゃない？」

「……それは誤差の範囲だろ」

思わずぼやくと泉は面白《おもしろ》そうに笑った。

「まぁ自分のことはわかりにくいものだからね」

泉は立ち上がり、そう言い残して子供たちのもとへ戻っていった。

結局どっちなんだろうか……どうせならきちんとフォローして欲しい。

「まぁでも、確かに自分のことほどわからないものかもな」

そう思いながら葵さんに視線を向けると遠目に目が合った。

俺に気づいた葵さんは笑顔を浮かべ、隣にいるあの女の子に話し掛ける。

「なんだ……？」

すると女の子が俺のもとへ駆け寄ってきて。

「お兄ちゃん。一緒に遊ぼう？」

少しはにかみながら、満面の笑みで誘ってくれた。

思わず口角が上がってしまうのを抑えられない。

「ああ。一緒に遊ぼうか！」

俺は女の子に手を引かれながら葵さんたちのもとへ駆けていく。

こうして体力が尽きるまで子供たちと遊び倒したのだった。

＊

児童養護施設を後にしたのは十七時を過ぎた頃――。

現地解散ということで、泉と日和に別れを告げて駅に戻り電車に乗り込んだ。

三日後にはグランピング施設へ旅行に行くからすぐ会うのに、それでも別れ際に寂しさを感じてしまったのは、自分が思っている以上に再会を喜んでいるからかもしれない。

もしくは車窓から望む儚いほどに美しい夕日がそう思わせるんだろうか。

「それにしても、あの女の子の変わりようには驚いたよ」

「そうだよね。びっくりするよね」

「職員さんも泉も言ってたよ。あの子が変わったのは葵さんのおかげだって」

「そんな……私は一緒にいただけだから」

「きっと一緒にいてくれるだけでよかったんだよ」

すると葵さんは少し考えるような仕草を見せた。

「もし私があの子の変わるきっかけになれたんだとしたら、それは晃君のおかげ」

「俺の？」

葵さんは懐かしむような笑みを浮かべ、窓の外の夕日を見つめる。

「幼稚園の頃、友達がいなくて一人で過ごしてた私に声を掛けてくれた。私は人見知りが激しくてお話もできなかったのに、それでも傍にいてくれた。それだけじゃない――」

その瞳が滲んで見えたのは、沈む夕日を映しているからか。

「雨の中、公園でどうしていいかわからずにいた私に声を掛けてくれた。幼い頃も、再会した時も……今もこうして晃君が私の傍にいてくれる。だから私は、自分がしてもらったことをしてあげただけ。あの子が変われたのは、あの子自身が頑張ったからだよ」

葵さんの話を聞いて思うこと。

確かにあの子が頑張ったのは間違いないだろう。

幼い子供が自分の意志でみんなの輪に加わろうとすることは、おそらく俺たちや大人が思っている以上に勇気を必要とする。場合によっては恐怖を覚えるほどに。

子供にとって家庭や学校が世界の全てであるように、あの子にとって児童養護施設が世界の全てと言っても差し支えない中、もし上手くいかなければ待ち受けるのは完全な孤立。

それでも勇気を出せた理由は他でもない。

「あの子が頑張れたのは、葵さんが傍にいてあげたからだよ」

自分がしてもらったことを誰かにしてあげるのは言葉にする以上に難しい。

それを自然としてあげられるのは葵さんの素晴らしい一面だと思う。

だから、改めて思ったんだ。

「葵さんはきっと、誰かの想いに寄り添うような仕事が向いてるんだと思う」

「え……？」

葵さんは驚いた様子で俺に視線を戻す。

「今日足を運んだ児童養護施設の職員とか、幼稚園や小学校の先生とか。あとはそうだな……仕事じゃなくても地域の相談員とか。きっと葵さんだからできることがあると思う」

「私だからできること……」

葵さんは噛《か》みしめるように言葉を繰り返す。

「本当にそう思う?」

「ああ。絶対に向いてると思う」

「……私に向いてるかはわからないけど、晃君がそう言ってくれるなら考えてみようかな」

俺が力強く答えると、葵さんは笑顔で頷いた。

「実は一学期が始まってすぐに進路のヒアリングがあったんだけど、その時はまだなにも考えられなくて進路調査票を未記入で提出しちゃったの」

「俺が保証する——って、俺にされても困ると思うけど」

「ううん。晃君にそう言ってもらえると心強い」

それから俺たちはお互いの将来について話し合った。

どんなことをやりたいとか、大学には進学しておいた方がいいと思うとか。

まだお互いに漠然としているし、葵さんの進路がその方向性で確定というわけではないけれど、思えばこうして葵さんと将来の話をしたのは初めてかもしれない。

あの頃は目の前のことで精一杯で、とてもじゃないが将来の話なんてできなかった。

だからきっと、未来に想いを馳せることができるのは幸せなことなんだと思う。

俺たちは電車に揺られながら、途絶えることのない未来の話に花を咲かせつつ帰路に就いたのだった。

第五話　海と水着とグランピング・初日

三日後、俺《おれ》と葵《あおい》さんは約束通り駅で瑛士《えいじ》たちが来るのを待っていた。

スマホで時間を確認すると九時四十分、待ち合わせの十時まではまだ余裕がある。

電車の時刻の都合で早めに着いた俺と葵さんは、駅構内の喫茶店で一息吐いていた。

こうして窓際の席に座ってみんなを待っていると、去年の夏休み、瑛士《えいじ》の家の別荘にいこうと待ち合わせをして案の定、泉《いずみ》が寝坊して待ち惚けした時のことを思い出す。

あれからもう一年なんだから時間の流れの早さに驚かされる。

「海、楽しみだね！」

「ああ。天気もよさそうだしな」

隣で抹茶を飲みながら、うきうきした様子で肩を揺らす葵さん。

長い髪も一緒にるんるん揺れていてなんだか微笑ましい。

「実は私ね、海に行くの初めてなんだ」

「え？　そうなの？」

思わず声を上げてしまったが驚くことでもなかった。

葵さんたちが暮らすこの県は内陸で海がない場所だからあり得ない話じゃない。

家族で旅行に行く機会でもなければ見ることもないだろうし、友達と遊びに行くにしても県を跨《また》いでの移動は学生にはハードルが高く、親が許可しないケースもあるだろう。

葵さんの過去の状況を考えれば機会がなかったのは容易に想像できる。

「晃《あきら》君はいつ以来？」

「最後に行ったのは……小学校五年生の頃だったかな」

「晃君も久しぶりなんだね」

「ああ。当時は父さんの転勤先が海のある県だったから家族で海水浴に行ったんだけど、それ以降は海のない県ばかりだったから機会がなくてな。だから俺も楽しみだよ」

あまりにも楽しみすぎて、ここ数日は興奮して寝られなかったくらい。

なにが楽しみかと聞かれると困るけど数時間後にはわかるから待って欲しい。

あえて言うのであれば、健全な男子高校生なら誰《だれ》もが楽しみにしていること。

「る～る～る～♪」

すると葵さんは、よほど楽しみなのか小さく鼻歌を歌い出した。

どうやら葵さんはご機嫌レベルがＭＡＸになると鼻歌を歌い出す癖《くせ》があるらしい。

ちなみに葵さんの鼻歌を聞くのはこれが初めてではなく、去年みんなが連れていってくれた卒業旅行の前、リビングで準備をしながら『森のくまさん』の鼻歌を歌っていた。

さらにここ数日は食事の準備をしている時も楽しそうに鼻歌メドレー。

指摘すると照れて黙ってしまうので、こっそり楽しませてもらっていたのは秘密。

……ぶっちゃけ可愛《かわい》らしくて仕方がないんだが！


思わず漏《も》れてしまった心の叫びは気にしないでもらうとして、ざわついているとはいえ喫茶店の店内で鼻歌を歌ってしまうあたり、相当楽しみにしていたんだろう。

なんて思ったら不意に悪戯心《いたずらごころ》に火が付いた。

もし俺が一緒に鼻歌を歌い出したら、葵さんはどんなリアクションをするだろうか？

想像したら我慢できなくなり、タイミングのいいところでハモってみる。

「「るるる〜る〜♪」」

葵さんが嫌そうだったらすぐに謝るつもりだった。

ところが意外なことに恥ずかしそうにしながらも歌うのをやめない。

むしろ少し楽しそうにしているくらいで、笑顔で鼻歌を歌い続ける葵さん。

駅構内だから辺りは騒がしく、近くの席は空いているから他のお客さんに聞かれることはないけれど、バレたら公衆の面前でイチャイチャするただのバカップルだよな……。

なんて思い、俺の方が照れていると。

「来たみたいだな」

「本当？」

鼻歌をやめて人混みの中に視線を向ける。

その先には荷物を手にやってくる泉と日和《ひより》、その後ろを歩く瑛士の姿があった。

スマホで時間を確認すると約束の五分前。

泉が約束時間の前に到着するなんて今日は雪が降るかもしれない。

泉の寝起きの悪さを知っている人なら、この光景がどれだけ奇跡的な状況なのかをご理解いただけると思うが、実はそう――俺たちは先日、ついに泉を起こす術《すべ》を発見した。

それは大好物の和菓子の匂《にお》いで誘って起こすという方法。

卒業旅行の時、泉の寝坊を見越して前日から俺の家に泊まりに来させた時のこと。

案の定、泉が起きずに困り果てていた俺たちは、動画サイトで寝ている犬の口元に餌を置いて起こす動画を見たのを思い出し、試しに泉の口元によもぎ饅頭を置いてみた。

すると寝ながら鼻をクンクンさせた直後、ぱちりと目を覚ますと同時にかぶりつき、もしゃもしゃ食べながら起きるという……おまえの前世は犬かと言ってやりたい。

その方法を日和に伝えておいたんだが、どうやら上手《うま》くいったらしい。

「おっはよーう♪」

泉は店内に入ってくるなり葵さんに抱き付きながら挨拶《あいさつ》をする。

どうやらよもぎ饅頭効果で血糖値は急上昇、目覚め具合は絶好調らしい。

「こうして集まる機会は何度もあったが、泉が寝坊しなかったのは初めてだな」

「本当だよね。我ながらびっくりしちゃった」

我ながらと言いつつ微妙に他人事っぽい。

たぶん俺たち以上に本人が驚いているからだろう。

「これから海に行くのに雨だけは勘弁して欲しいんだけどな」

「え？　天気予報は三日間とも晴れって言ってたけど？」

「ああ。知ってるよ」

泉は一瞬考えるように首を傾げ、すぐに気づく。

「あー！　晃君、そういう意地悪なこと言うんだ！」

泉はしかめっ面をしながら不満そうに声を上げる。

「雨で済むならいい。大きな雹《ひょう》が降ったらグランピングのテントに穴が開く」

「確かに。近年は異常気象の影響か、こぶし大の雹が降ることもあるしな」

「あー！　日和ちゃんまでそんなこと言って。兄妹揃《そろ》って酷《ひど》いよ！」

辛辣に聞こえる日和のツッコミだが、これもいつものご愛敬。

むしろ起きられたことを褒めているが故の裏返し的ないじり。

「え～ん。葵さ～ん、みんながいじめるよぉ……」

泉は葵さんに抱き付いたまま、さらに力強く抱きしめて助けを求める。

葵さんはそんな泉の頭をよしよしと撫でてなだめてあげていた。

「さて、冗談はこの辺にして出発するか」

こうして俺たちは荷物を手にして喫茶店を後にする。

長時間の電車移動に備え、売店で飲み物やお菓子をたんまり買い込んでから電車に乗り込んだのだった。

＊

「とうちゃーく！」

途中で一度乗り換えを挟んで電車に揺られること二時間半——。

最寄り駅に着いたのはお昼過ぎ、十二時半を少し回った頃だった。

駅を出ると目の前は開けたロータリーになっていて、観光シーズンだからかタクシーや観光バス、他にもお迎えと思われる自家用車がひっきりなしに出入りしている。

ここからは海は見えないものの、ほのかに潮の香が漂ってきているからすぐ近くなんだろう。

いよいよ来たという実感と共に、嫌でもテンションを上げずにはいられない。

「さあ、行こうか！」

俺たちが宿泊するグランピング施設までは海沿いを歩いて三十分ほど。

荷物を担《かつ》ぎ直し、さっそく出発しようとしたところ。

「逸《はや》る気持ちはわかるけど夕食の食材を買って行かないとね」

瑛士に肩を叩《たた》かれ、慌てなくても海は逃げないと言わんばかりにたしなめられた。

「確かに。食材の買い出しもそうだけど、お昼はどうする？」

時間はすでにお昼過ぎ、さすがにそろそろお腹《なか》が空く頃合い。

食事の話をしたせいか急にお腹が鳴って空腹を自覚する。

「お昼は少し遅くなっちゃうけど海の家で食べようと思ってるの」

「焼きそば、イカ焼き、フランクフルト、焼きトウモロコシ、すいか、かき氷……」

提案する泉の隣で日和が呪文のようにメニューを唱え続ける。

いつものクールな表情で無限詠唱されるとちょっと怖いが、これも期待の裏返し。その隣で葵さんは日和の無限詠唱に耳を傾けながら期待に瞳を輝かせている。

お腹が空いている今のタイミングでそれは精神攻撃みたいなもんだろ。

「お昼は海の家で食べるとして、まずは買い出しだな」

「近くのスーパーの場所を事前に調べてあるから案内するよ」

「さすが瑛士、毎度のことながら準備がよくて頼もしいよ」

こうして俺たちは駅を後にして歩くこと十分――。

やってきたのは地元では見かけない名前のスーパーだった。

あちこち引っ越してきたからよくわかるが、スーパーは地域ごとに全然違う。

こうして県を跨げば初めて目にするお店が多く、商品のラインアップも結構な違いがあることが多い。ドラッグストアは全国チェーンが多いのにスーパーは地域性が強いよな。

それはさておき、このスーパーはどんな品揃えだろうか？

葵さんと同居していた頃は料理担当としてスーパーに足繁《あししげ》く通っていたからか、家族と暮らすようになった今でも買い物に行って店内を見て回るのが楽しみの一つだったりする。

いざ買い物かごを手に、期待に胸を膨らませて店内へ。

「みんなで手分けして見て回ろう」

ちなみに今日の夕食はバーベキュー。

時間短縮のため、泉の提案で分担して食材を見繕うことに。

泉と瑛士は精肉売り場、俺と葵さんは鮮魚売り場を担当し、日和には野菜&デザート売り場を任せてひとまず解散。買い物を終えたら入り口で落ち合うことにした。

さっそく葵さんと鮮魚売り場に向かいながら考える。

「バーベキューに合う魚ってなんだろうな」

「バーベキューっていえばお肉のイメージだよね」

魚が合わないと言っているわけじゃなく、海に馴染みがない俺たちにはピンとこない。

瑛士の家の別荘でバーベキューをした時も九割が肉で野菜は一割。今にして思うとさすがに肉食すぎると突っ込みの一つもしたくなるが、その記憶もあるからなおさらか。

色々と考えながら鮮魚売り場に着くと。

「おお……すごいな」

目にした光景に思わず感嘆の声を漏らさずにはいられない。

というのも、さすが港町近くのスーパーだからか魚介類の種類が半端《はんぱ》じゃない。

近所のスーパーでは見かけない魚が多く、切り身はもちろん、豪快に一匹丸ごとパック詰めされている魚がずらりと並べられていて、まさに圧巻の品揃え。

他にもホタテやサザエがエアポンプ付きの生け簀に生きたまま入れられていて鮮度抜群。別の生け簀では伊勢海老まで売っていて、まるで魚市場並みのラインアップだった。

ちょっとした水族館気分に、葵さんも隣で瞳を輝かせている。

「魚よりホタテやサザエの方がバーベキューに向いてるかな?」

「うん。テレビのバーベキュー特集とかでよく見かけるよね」

貝類は下ごしらえの手間は少ないし、味付けもシンプルでいい。

この辺りの貝類から適当に選んで人数分買うとして。

「あとは……」

示し合わせていたように葵さんと目を見合わせる。

どうやらお互いに考えていることは一緒らしい。

「「伊勢海老……」」

声を揃えて呟きながら生け簀の中の伊勢海老に視線を落とす。

体長は二十センチくらいで、大きすぎず小さすぎずちょうどいい。せっかくなら大きい方がいいと言う人もいるかもしれないが、調理のしやすさ的にこのくらいがベストサイズ。

立派な長いひげが特徴的な色味の美しい伊勢海老だった。

「葵さん、伊勢海老食べたことある？」

「食べたことない。晃君は？」

「俺もないんだよね」

これをバーベキューで焼くところを想像してみる。

縦に二つに切ってバターやマヨネーズで焼いたら絶対に美味い確信がある。

いや、素材本来の旨みを活かすならシンプルに塩とコショーだけで焼き、味変で酢橘《スダチ》を搾るさっぱりした味付けもいいだろう。なんなら和風テイストの味噌焼きもいい。

想像するだけで食べたこともないのに口元から粗相をしてしまいそう。

「食べたいけど一つ問題があるな」

「うん。あるね……」

なにしろ値段が一尾二千円。

自分のお財布の中身を思い出しつつ計算してみる。

一尾を二等分するとして五人だから三尾は必要で、そうなると伊勢海老だけで六千円。ホタテとサザエ、その他に調味料なんかも買うとすると約一万円といったところか。

高校生にとっては決して安くはなく、むしろ高いが……よし、決めた。

「買おう」

「買っちゃうの⁉」

葵さんは天にも昇るような笑顔で歓声を上げる。

「正直安くはないけど、俺は葵さんの家に泊まらせてもらってるから宿泊費がかからない。もともとはかかるつもりで用意しておいたお金が浮いたわけだし、せっかくみんなで海まで来たんだから、思い出作りにこのくらいの贅沢はしてもいいんじゃないかと思ってさ」

「でも晃君はお金をかけて会いに来てくれたんだし……私も半分お金出すよ」

「いやいや、ここは俺に出させてよ」

すると葵さんは少しだけ困った表情を浮かべる。

葵さんの気持ちは嬉《うれ》しいが格好を付けさせて欲しい。

「……本当にいいの？」

葵さんはそんな俺の気持ちを察してくれたらしい。

少し考えるような仕草を見せた後、上目遣《うわめづか》いで尋ねてくる。

「ああ。遠慮しないでよ」

「うん……じゃあ、お言葉に甘えるね。ありがとう」

俺たちはドキドキしながら店員さんに声を掛けて貝類と伊勢海老をお願いする。

てっきり伊勢海老は締めてくれると思いきや、しばらく持ち歩くと伝えると『せっかく鮮度がいいんだから』と、おがくずの入った発泡スチロールの箱に生きたまま入れてくれた。

こうしている今も伊勢海老が箱の中で暴《あば》れていてちょっとびびる。

でも、おかげで今夜は活きのいい伊勢海老を堪能できそう。

その後、二人で調味料コーナーへ移動して味付けに必要な調味料を選ぶ。

せっかくなら美味《おい》しく食べたいし、なかなか食べられない食材なだけに絶対に失敗したくない。あれこれ意見を出し合いながら少し多めに選び、ようやくお会計を済ませた俺たち。

待ち合わせの出入り口に行くと、すでにみんな買い物を終えていた。

「二人とも遅かったね――って、その箱なに？」

泉が真っ先に発泡スチロールの箱を凝視する。

こんな大きい箱を持っていたら聞きたくもなるよな。

「バーベキューまでのお楽しみ。まぁ期待してくれていいぞ」

みんな中身に興味津々だが教えてあげない。

驚かせてやりたいから秘密にしておく。

「みんな揃ったし行こうか」

こうして俺たちは買い出しを終えてグランピング施設へ向かう。

スーパーを後にして少し歩くと、すぐに広大な海が目の前に広がった。

「すごい！」

真っ先に感動の声を上げたのは意外にも葵さんだった。

青い海と雲一つない青空が広がる先、海と空を繋《つな》ぐ水平線が果てしなく続く。

視界を埋め尽くす圧倒的な海の迫力と、沖に行くほど青色が深まる自然のグラデーションに目を奪われずにはいられない。海面はまるで星が輝くように太陽の光を反射していた。

頬《ほお》を撫でる風と強くなった潮の香りに、寄せては返す波の奏でるＢＧＭ。

気づけば誰もが足をとめて息を呑《の》んでいた。

「海ってこんなに広いんだね……」

葵さんは潮風になびく長い髪を押さえながら呟く。

「広いって言葉だけじゃ収まらないな」

「うん……なんて言っていいかわからないくらい」

葵さんは胸に手を当てながら深呼吸を繰り返す。

きっと人はこういう時に言葉を失うと言うんだろう。

「見惚《みと》れる気持ちもわかるけど、そろそろ行こうか」

「そうだな。のんびりしてると食材も傷むからな」

スマホでナビをしてくれる瑛士の後に続くと、今度は海水浴場が見えてきた。

平日とはいえ夏休み本番。遠目でもはっきりわかるほどに海水浴客で溢《あふ》れていて、数えきれないほど立てられているビーチパラソルがカラフルに砂浜を埋め尽くしている。

沖の方ではサーフィンやボディーボードを楽しむ人の姿もあった。

「さすがに人が多いな」

ふと、去年の夏休みに四人で行った二万人プールを思い出す。

目の前の海水浴場もかなり人が多いものの、限られた敷地内に押し込められるように溢れ返っていた二万人プールに比べたらいくらかマシな方だろう。

「グランピング施設はこの近くなんだよな？」

「このビーチを抜けた先。あと十分くらいだね」

今すぐ海に飛び込みたい気分だが我慢して先を急ぐ。

海を満喫する海水浴客を横目に海沿いを進み、広いビーチを抜けた先――スーパーを出てから歩き続けること二十分、道路の先に見慣れない建物がいくつも建っていた。

「着いたよ」

「ここか」

目の前にはサッカーボールを半分に切って置いたようなドーム型の白いテント。

広いウッドデッキの上に乗っているテントは海側が透明のビニールのような素材になっていて、中にいても眼前に広がるオーシャンビューが望める最高のロケーション。

傍には小屋のような建物があり、そちらはキッチンや食事スペースの他、シャワールームやトイレなどがあるサニタリールームになっているとホームページに書いてあった。

敷地内には同じようなテント一式が十棟ほど並んでいる。

「なんだかわくわくしてきちゃった！」

「私もわくわくする」

全力で喜びを表現する泉とは対照的に、日和はわくわくとは正反対の真顔で返す。

日和のリアクションがフラットなのはいつものことだが、微妙に口角を上げて肩を揺らしながらそわそわしているのを見る限り、内心は大はしゃぎしているに違いない。

そんな二人の隣で祈るように手を合わせている葵さん。

ちょっと感動しすぎのような気がする。

「まずは受け付けを済ませようか」

「ああ。こっちだよ」

俺たちは敷地内の中央にある管理棟へ向かう。

女子三人には入り口で待っていてもらい、瑛士と二人で中へ入っていく。

予約者の瑛士が受け付けを済ませている間、カウンターに置いてあったパンフレットを手に取り眺めると、敷地内には貸し切り温泉や個室サウナもあり予約すれば利用可能とのこと。

なんでも揃っているから手ぶらで来られるのがグランピング施設のいいところ。

まさに至れり尽くせりという言葉が相応《ふさわ》しい。

「お待たせ。隣の小屋でバーベキューの道具が借りられるって」

「じゃあ一度テントに荷物を置いてから借りにこようか」

「そうだね。まずは僕らが利用するテントへ行こう」

管理棟を後にしてみんなでテントへ向かう。

俺たちが利用するのは施設内で一番端のテント。

さっそくドアを開けて中へ入る。

「おお……広いな」

足を踏み入れた瞬間、そう漏らすほど広々とした空間が広がっていた。

外から見た時も広そうだと思ったが、実寸以上の広さを感じる。

それは単純に広さがあるだけではなく高い天井《てんじょう》がそう感じさせるんだろう。

中にはダブルベッドが二つと、追加で用意してもらった一人用の簡易ベッドが一つ。他には大型のテレビとコンパクトな冷蔵庫。すでにエアコンが稼働していてとても涼しい。

テントというよりも、快適極まりないリビングにいるような感じ。

なにより真正面に望むオーシャンビューが最高すぎる。

きっと夜は星も綺麗《きれい》に見えることだろう。

「すごい！　広い！　綺麗！」

あとから入ってきた泉は荷物を手にしたまま大はしゃぎ。

ベッドの横に荷物を置くと、そのまま日和と二人でベッドにダイブ。

「ねぇねぇ、ちょっと気が早いかもしれないんだけどさ」

「ん？　どうした？」

すると泉はベッドをぽんぽん叩きながら続ける。

「ベッドは誰と誰が一緒に使うか決めちゃおうよ」

「確かに、遅かれ早かれ決めないといけないことだしな」

とはいえ、この場合どういう組み合わせにするべきだろうか。

さっきも言ったが、ここにあるのはダブルベッドが二つに簡易ベッドが一つ。

元々はダブルベッドが二つで、通常は一部屋四人で利用するタイプの部屋。今回は俺たちが五人で予約をしたから追加で一人用の簡易ベッドを用意してくれたってわけだ。

となると、まず恋人同士の泉と瑛士が同じベッドを使う。

そして俺と葵さんが同じベッドを使い、日和が簡易ベッドだろうか？

でも、さすがに友達と妹の前で葵さんと一緒に寝るのは恥ずかしい。葵さんと同じベッドで寝たことがないわけじゃないし、今さら恥ずかしがるのもおかしな話かもしれないが……。

さすがにみんなの前だと気まずいじゃん？

「……な、なんだよ」

思慮を巡らせていると、泉がなにか言いたそうに俺に視線を向けてきた。

なにか言いたそうというよりも完全にからかいの眼差《まなざ》しだった。

「晃君が想像してるような組み合わせにはならないかな～」

ドンマイと言わんばかりに俺の肩を叩く。

「別にやましい想像なんて一ミリもしていないが？」

「誰もやましい想像なんて一言も言ってないけど～？」

「ぐぬぅ……」

泉は怒濤の如《ごと》く膨らませていた妄想に釘を刺す。

いや、それはもう誘導尋問みたいなものだろ。

「鼻の下を伸ばしている兄を見る妹の気持ちにもなって欲しい」

「ぐ、ぐぬぬぅ……」

日和にまで言われるとさすがにこたえる……なんかごめん。

そんな俺の隣で葵さんは少し気まずそうに苦笑いを浮かべていた。

「簡易ベッドは僕が使うよ。晃は日和ちゃんと、泉は葵さんと使うといい」

すると瑛士は食材を冷蔵庫にしまいながら折衷案を口にした。

確かに、どうしたって男女の組み合わせになるんだから兄妹の俺と日和が一緒のベッドで寝て、女の子同士の葵さんと泉が同じベッドを使うのが妥当なところだろう。

日和と一緒に寝るのは小学生の時以来だから少し気まずいけど。

ちなみに俺と瑛士が一緒に寝る選択肢はないものとする。

「悪いな。簡易ベッドを使わせて」

「気にしなくていいさ」

瑛士は食材をしまい終えて立ち上がる。

「さあ、荷物を片付けたら着替えて海に行こう」

「そうだね。さすがにお腹空いてきちゃったよ！」

こうして俺たちは海に行く準備を始める。

女子三人はテントで着替えてもらい、俺と瑛士は表にあるサニタリールームを使用。

俺たちは男だからすぐに着替えを終え、ウッドデッキで椅子《いす》に座り海を眺めながら三人の準備が終わるのを待つ。その間、何度かテントの中から楽しそうな声が聞こえてきた。

女の子の黄色い声に思わず俺までテンションが上がってしまう。

ぶっちゃけ、今日という日をどれほど待ちわびたことか。

二万人プールで初めて葵さんの水着姿を目にしてから一年。

瞳を閉じれば瞼の裏に焼き付いた水着姿を今も鮮明に思い出せる。

別に記憶を頼らなくてもスマホに写真が保存されているから見放題なんだけどさ。

白をベースとした彩《いろど》り豊かな花柄のフレアビキニで、カラフルな色合いながら派手すぎることはなく、布面積が少なめなのにいやらしさよりも清純さが際立《きわだ》っていた一着。

まさに黒髪清楚《せいそ》系美人と呼ぶに相応しい水着姿だった。

今年はいったいどんな水着姿を見せてくれるのか。

期待にあっちもこっちも膨らませていると。

「二人ともお待たせ♪」

泉の声が聞こえるよりも早く振り返る。

瞬間、心臓が跳ねて息がとまった。

「遅くなってごめんね」

そこには水着に着替え、白いパーカーを手にしている葵さんの姿があった。

青空よりもさらに鮮やかな水色を基調としたホルターネックのシンプルなビキニ。

トップがフリルになっていた去年のフレアビキニと違い谷間の強調されたデザイン。

大胆なのは胸元《むなもと》だけではなく、ストラップを首の後ろで結んでいるため背中が大きく開いていて、前からだけではなく後ろからも楽しめる一粒で二度美味しい水着のはず。

ちょっと振り返ってもらえないだろうか。

ちなみにボトムの両サイドは紐《ひも》仕様、あれは引っ張ると解《ほど》けるんだろうか？

世の男子高校生にとって永遠の謎《なぞ》の一つだが、解けるとしたら防御力に不安が残る。

個人的には防御力が低いに越したことはないんだが、ナンパ目的の下心全開な男たちの前で万が一にも低さを露呈してしまわないか心配だから事前に引っ張って確認しておきたい。

おまえも下心全開な男の一人だろって突っ込みはさておき、誰か教えてエロい人。

「ちなみに紐は引っ張っても解けないからね」

「別に全然気になってないけどな！」

するとエロい人ではなく泉が教えてくれた。

気になりすぎて凝視していたせいでバレてしまったらしい。

残念なような、ほっとしたような、言葉にし難《がた》い複雑な気分で顔を上げる。

「えっと……」

すると葵さんは頬を紅くしながら視線を逸らし、手にしていたパーカーで身体を隠した。

羞恥に満ちた女の子の表情は、どうしてこんなにもそそるんだろうか。

「あれあれ～？」

「……なんだよ」

すると、また泉がからかう気満々で詰め寄ってくる。

「晃君、去年以上に鼻の下伸びてるんじゃない？」

「去年以上は伸びてないわ！」

去年は二ミリで今年も二ミリ、同じくらいだわ！

咄嗟《とっさ》に反論したが、今年も二ミリなら『以上』で合っていた。

ちなみに泉が着ている水着は夕日を思わせる淡いオレンジ色のビキニ。

フロントとボトムの両側がレースアップになっているため、ついつい胸元の隙間《すきま》に視線が奪われそうになる扇情的なデザインだが、泉が着ると不思議といやらしさがない。

去年の黄色いオフショルタイプの水着を着ていた時も思ったが、派手な色合いや扇情的な水着も天真爛漫な泉が着ると、いかにも健康的な美少女といった感じでよく似合う。

さすがに親友の彼女の水着姿をまじまじと見続けるのは少し気まずい。

泉の谷間に視線が吸い込まれないよう葵さんの谷間に視線を戻す。

「鼻の下を伸ばしている兄を見る妹の複雑な心境を答えよ」

「……なんで問題文の体なんだよ」

すると、凍てつくような冷たい視線を俺に向けてくる日和。

そんな日和が着ている水着はセパレートで、下がスカートになっているタンキニ。

トップはキャミソールに近いデザインのため、葵さんや泉に比べると露出は少ないが、ラベンダーカラーで花柄の水着はクールな日和のイメージにぴったりでよく似合っている。

似合っているが……妹の水着姿を見るのは微妙に複雑な気分。

「さて晃君、なにか葵さんに言ってあげることは？」

泉は当然のように俺に感想を言えと話を振ってくる。

本当、気が付けば半ば恒例行事になっている羞恥プレイ。

「えっと……葵さんのイメージカラーって感じでよく似合ってる」

「あ、ありがとう……嬉しい」

葵さんは顔を真《ま》っ赤《か》にしながらも笑みを浮かべた。

「去年の水着もよかったけど、今年は少し大胆な感じ？」

「それは……泉さんに教えてもらったの」

「……ん？」

聞き覚えのある台詞《せりふ》に嫌な予感が頭をよぎる。

「水着は前の年より大胆にしないといけないんだよって」

聞いた瞬間、泉に視線をぶん投げる。

すると泉は露骨に目を泳がせながらあっち向いてホイ。

なるほど……つまり、これこそ毎度の恒例行事のようなもの。

泉は葵さんが人を疑うことを知らない純粋な性格なのをいいことに、これまでもあることないこと適当なことを吹き込みまくって葵さんに羞恥プレイをさせてきた。

去年のプールの時は『高校生はビキニを着ないとダメ』といい、瑛士の家の別荘では『仲良くなるには裸の付き合いが一番！』と言って俺の入浴中にお風呂《ふろ》に突入させ、今回は『水着は前の年より大胆にしないといけない』と謎のルールを教えて信じ込ませる。

俺にとっては嬉しいことばかりだから不満どころか感謝しかないんだが、今回の理屈でいくと最終的には布がなくなってしまうから数年後を期待――じゃなくて心配してしまう。

「も、もういい？」

バカなことを考えながら、俺はずっと葵さんの水着姿を見つめていたらしい。

恥ずかしさの限界を迎えつつある葵さんの羞恥に満ちた声で現実世界にカムバック。

「ああ、ありがと――じゃなくてごめん！」

「ううん。どういたしまして……」

葵さんは手にしていたパーカーを着て水着姿を隠す。

若干後ろ髪を引かれる気分だが慌てる必要はない。

「みんな準備が終わったみたいだしビーチに行こうか」

「そうだね。まずは海の家でお昼ご飯にしよう！」

こうして泉を先頭にグランピング施設を後にする。

この後は水着見放題だと思うと、心なし足早になってしまうのだった。

＊

そんなこんなで、海沿いに来た道を引き返すこと十分少々――。

ビーチに到着すると、先ほどよりもさらに多くの海水浴客で溢れかえっていた。

スマホで時間を確認すると間もなく十四時で、食材の買い出しやグランピング施設のチェックインなんかをしているうちに、なんだかんだ時間が経《た》っていたらしい。

でもおかげでランチタイムを過ぎたからか、海の家はどこも比較的空いていた。

俺たちは近くの海の家に入り、五人でテーブルを囲みながらメニュー表を眺める。

「葵さんはなににする？」

「どうしよう。ちょっと悩むね」

メニュー表には来る途中で日和が呪文のように唱えていた料理が並んでいる。

焼きそば、イカ焼き、フランクフルト、焼きトウモロコシに冷やし中華。他にもかき氷やアイスをはじめとするデザートなどなど、いかにも海の家らしいメニューが揃っていた。

「すみませーん。注文いいですかー♪」

頭を悩ませていると、泉が近くの女性店員さんに声を掛ける。

「泉、ちょっと待ってくれ」

まだみんな注文の品が決まっていない。

そう言おうとした直後――。

「フードメニュー全部お願いします♪」

「いや、待って――!?」

なに言ってんだおまえ!?

「ご注文ありがとうございます！」

予想外の発言に思い切り突っ込む俺と、大口注文に喜ぶ女性店員さん。

必死にとめようとする俺の制止も虚しく店員さんは大喜びで厨房へ向かい、店長らしき人にフードメニュー全品オーダーが入った旨を伝えると店員さん一同が一斉に沸く。

お祭り気分の店員さんたちを見るに、もうキャンセルはできそうにない。

「全部っておまえ、さすがにそれは……」

言っている傍から胃もたれしそうになって言葉を濁す。

「大丈夫だよ。五人でシェアすれば一人当たりの量は少ないから」

そんな俺とは対照的にケロッと答える泉。

まぁ確かに五人で食べれば大した量じゃ……いや、そうか？

それでも結構な量があるだろうと思ったが、ふと泉の無尽蔵の食欲を思い出す。

去年の夏のバーベキューの時や卒業旅行のいちご狩り。泉だけではなく葵さんと日和も一緒になって、とても食べきれるとは思えない量をぺろりと平らげたことは数知れず。

その証拠に全部頼んだことでびびっているのは俺一人。

それどころか葵さんは『色々食べられて嬉しい』と、初めての海の家ということもあってテンション高めに瞳を輝かせながら一つに纏《まと》めたポニーテールを左右に揺らしている。

マジか……食べ物に魅せられた女子の胃袋の恐ろしさを再確認。

「「「お待たせしました！」」」

すると店員さんが三人がかりで次から次へと料理を運んでくる。

「お、おおう……」

まさに圧巻という言葉以外が見当たらない。

テーブルに乗り切らず、急遽店員さんが隣のテーブルを繋げてくれる。

二つのテーブルを埋め尽くす料理を前に思わず変な声が漏れてしまった。

「葵さん、取り分けるから手伝ってくれる？」

「うん。まかせて」

「私も手伝う」

女子三人は手分けして料理を小皿に取り分けると。

「「「いただきまーす！」」」

お行儀よく手を合わせ、もりもりと食べ始めた。

「さあ、僕らも食べようか」

「ああ……そうだな」

とは言うものの、見ているだけでお腹いっぱい。

みんなが満足ならいいんだけどさ……なんて思いつつ、結局食べきれないかもしれないなんて俺の心配は杞憂《きゆう》に終わり、料理は女子三人の胃袋の中へと消えていったのだった。

追加でかき氷をお代わりした時はさすがに目を疑ったけどな。


「これで必要な物は一通り揃ったか？」

「そうだね。足りなければまた借りにくればいいさ」

海の家で昼食を終えた後、俺と瑛士はレンタルショップに来ていた。

ビーチパラソルにビーチチェア、レジャーシートの他に浮き輪などなど。飲み物を保冷しておくクーラーボックスまであるのは驚いたが、せっかくだから一緒に借りておく。

電車での長距離移動ということもあり、自前で用意せずに全部レンタルで済ますつもりでいたが、こんなにあれこれ借りられるなら財布だけ持ってくれば事が足りる。

便利な世の中になったもんだと実感しながら、お店の横にある空気入れ用のコンプレッサーで日和に頼まれたイルカの浮き輪に空気を入れる。

「よし。みんなのところへ戻るか」

空気を入れ終わり栓をしっかり閉めてから脇《わき》に抱えて立ち上がる。

レンタルショップを後にして辺りを見渡すと、人混みの中に三人の姿を見つけた。

「おーい！　こっちこっち〜♪」

女子三人はみんな仲良くぴょんぴょん飛び跳ねながら手を振っている。

ジャンプすることで意図せず発生する夏の上下運動イベントから目が離せない。

一秒でも長く縦揺れを観賞しようと、人混みの中をすいすい進んで行く瑛士の後に少し遅れてゆっくり歩いているのは、どうかここだけの秘密にしておいて欲しい。

「いい場所が取れたな」

「ちょうど帰る人がいて譲ってもらったの」

日和にイルカの浮き輪を渡しながら葵さんと言葉を交わす。

ここなら海もお手洗いも近いし、比較的わかりやすい場所だろう。

場所も決まったことで、さっそくみんなで手分けして拠点の設営を開始。

俺と葵さんはビーチパラソルを組み立て、瑛士と泉はレジャーシートやビーチチェアのセッティング。日和には飲み物の買い出しを頼んでクーラーボックスに補充してもらう。

こうしてあっという間に拠点が完成。

「よし、海で遊ぶか！」

「そうだね！」

女子たちは羽織っていたパーカーを脱ぎ捨てる。

瞬間、図らずも露わになった葵さんの背中に目を奪われた。

ホルターネック故に露わになった背中にはシミ一つなく、まるで陶器のように艶《つや》やかな白さを誇り、あまりにも芸術的すぎて抱いていた下心が霧散してしまうほどの美しさ。

まさに芸術的な背中と魅力的なうなじが織りなすひと夏のコラボレーション。

生きていてよかった。

「晃、見惚れているところ申し訳ないんだけど」

「いったいなんの話をしてるんだ？」

バレバレらしいが一応すっとぼけておく。

「誰か荷物を見てないといけない。僕と晃で交互に荷物番をしよう」

「了解」

「最初は僕が見てるから先にどうぞ」

「よーし！　みんな行っくよー♪」

泉は葵さんと日和を連れて駆けていく。

「ありがとう。お言葉に甘えさせてもらうよ」

瑛士にお礼を言い、俺も三人の後を追いかける。

一足先に波打ち際で楽しそうにはしゃぎ始める女子三人。

イルカの浮き輪を手にした日和が真っ先に海に入り、後に続く泉に海水を思いきり掛ける。

日和にやり返す泉と、巻き込まれる形でバシャバシャと駆けられまくる葵さん。

もう三人ともびしょ濡《ぬ》れになりながらキャッキャしていた。

「なんだろう……」

水着姿とはいえ女子高生がメイクも気にせず無邪気に遊んでいる姿って尊い。

まさに青春というか、ひと夏の思い出というか、あと先考えない感じが素晴らしい。

一人妙な満足感を覚えながら三人の様子を眺めていると、ふと三人に向けられている複数の視線に気が付いた。

それはナンパ目的で海に来ている男たちの煩悩にまみれた視線。

しかも、そんな視線の数があまりにも多くて改めて思い知らされる。

控えめに言っても、この三人は誰もが認めるほどの美少女たちだということを。

葵さんが清楚系美人なのは疑う余地はなく、泉は対照的に天真爛漫な健康的美少女。日和は妹だから客観視できていなかったが、冷静に見れば年相応のクール系美少女。

身近な存在すぎるが故に、感覚が麻痺していたせいもあるんだろう。

三者三様の美少女たちが遊んでいたら、ナンパ目的じゃなくてもワンチャン期待して声を掛けたくもなる気持ちは理解できる。俺も他人だったら声を掛けたくなるだろうし。

まぁ俺にナンパができるかどうかは別として。

「晃君も一緒に遊ぼうよ！」

びしょ濡れになった葵さんが助けを求めるように俺を誘う。

「ああ。今行くよ」

男が一緒だと知って絶望しているナンパ男たちの姿を横目に三人の元へ向かう。

すると葵さんは執拗に水を掛けてくる泉から隠れるように俺の背後に回り込む。

「えーい！」

「ぶはっ――――！」

結果、俺が葵さんの代わりに豪快に海水を顔面に掛けられた。

油断していたせいで口の中まで海水だらけ。

「えいえーい！」

「えいえい、えーい」

すると日和も参戦して二人揃って俺に海水を掛け続ける。

三人で掛け合っていた時と比べて遠慮もなければ容赦もない。

「ちょ、ちょっと待て――――！」

いやマジで息ができないから待ってくれ。

そんな俺の訴えに耳を傾けてくれるはずもない。

「葵さん、逃げよう！」

「うん！」

葵さんの手を摑《つか》んで一歩踏み出した瞬間だった。

「あぶない――――！」

珍しく大きな声を上げたのは泉ではなく日和。

振り返った先、すぐ近くで遊んでいた男性の背中が目に飛び込んだ。

俺たちに気づかずに後退してくる背中を避けるには遅く、海で足を取られているせいですぐに躱《かわ》すこともできず、咄嗟に葵さんを引き寄せて庇《かば》うように抱き締める。

「くっ――――！」

次の瞬間、男性とぶつかった衝撃で身体が揺れる。

足に力を入れるも堪えきれず、葵さんを抱き締めたまま海に倒れ込んだ。

「葵さん大丈夫⁉」

自分の身体を確認するよりも早く葵さんに声を掛ける。

俺の腕の中で俯《うつむ》いている葵さんから返事はない。

まさか声も出せないほどの怪我《けが》を⁉

「どこか怪我でもした――――ん？」

すると葵さんの耳が真っ赤になっていることに気づく。

葵さんを片手で抱き締めたまま上半身を起こして顔を覗《のぞ》き込むと、葵さんはどうしてか、羞恥の極みのような表情を浮かべながら耳どころか顔まで真っ赤にしていた。

「怪我は大丈夫なんだけど……」

まるで『他は全部大丈夫じゃない』と言わんばかりの葵さん。

俺たちを心配そうに見つめる周りの視線の中に、微笑ましそうな見守る視線や羨《うらや》ましそうに睨《にら》む男性の視線があることに気づき、ようやく自分がなにをしているか理解する。

俺は水着姿という、ほぼ裸みたいな格好で葵さんを抱き締めていた。

そりゃもう倒れる衝撃から必死に守ろうとしたんだから力強く、さながらアクション映画の主人公がヒロインを爆発《ばくはつ》から庇おうとするシーンのような力の籠《こも》ったハグ。

おかげで胸の辺りに言葉にし難い幸せな感触が広がっている。

「ご、ごめん――！」

謝ると同時に手を離し、行き場のない両手があたふたと宙を舞う。

「ううん、私の方こそ。ありがとう……」

葵さんは顔を赤くしたまま恥ずかしそうに視線を逸らした。

今まで抱きしめたことがないわけじゃないが、こんなに肌と肌が密着したのは初めて。意識した瞬間、今になって夏の日差しで火照った肌の温《ぬく》もりと柔らかな感触が蘇《よみがえ》ってくる。

どうしよう……葵さんが無事で安心したけど一生こうしていたい。

ていうか、どさくさに紛れてもう一度抱き締めたい。

「二人とも大丈夫――？」

すると俺の煩悩を吹き飛ばすように泉が心配そうに声を上げた。

いや、心配しているにしてはやや台詞が棒読みのような気がするし、駆け寄ってくるタイミングもワンテンポ遅いような気もするが、まさかわざと遅らせたわけでもないだろう。

ところで日和が防水カバー付きのスマホをこちらに向けているのはなぜだろうか？

「葵さん、捕まって」

泉は葵さんの手を引いて立ち上がらせる。

「ありがとう」

「大丈夫？　痛いところない？」

「うん。晃君が守ってくれたから」

「よかった。晃君はどう？」

俺も立ち上がり、海水と砂を払いながら確認してみる。

とりあえず痛むところはないし怪我も見当たらない。

「ああ。大丈夫そうだ」

結構な衝撃を受けたが海水と砂地がクッションになってくれたんだろう。

「ごめんね。ちょっとやりすぎちゃったね」

「これだけ人が多ければ仕方ないさ。周りに注意して怪我だけはしないようにしよう」

「そうだね」

気を取り直して海水浴を再開。

その後、周りに気を付けながらみんなで海を満喫する。

日和がイルカの浮き輪にまたがり波に揺られていると、泉も乗りたいと後ろに乗り込む。

せっかくだからみんなで乗ろうと葵さんも誘い、さすがに一人用の浮き輪に三人乗るのは定員オーバーだろうと思った直後、案の定バランスを崩して全員海へ転げ落ちる。

海面から顔を出し、びしょ濡れの顔を拭いながら大笑いする女子三人。

テンションが高く『なにをするにも大爆笑モード』に入ってはしゃぎまくり。

そんなテンションに付き合うこと三十分——。


「泉、俺は少し休むわ」

「ごゆっくり。代わりに瑛士君を呼んでくれる？」

「ああ。そのつもり」

俺は泉に休憩する旨を伝えて拠点のビーチパラソルのもとへ。

無数にあるビーチパラソルの中から自分たちが確保した場所を探していると、俺が気づくよりも早く瑛士が俺を見つけてくれて、こちらに向かって手を振っていた。

「瑛士が見つけてくれたおかげで場所がわかりやすかったよ」

「これだけ海水浴客がいると見つけづらいよね。時間的に今より人が増えることはないだろうし、日帰り客はそろそろ帰り時間を意識する頃合《ころあい》いだから減っていくだろうけど」

スマホで時間を確認すると十六時になるところ。

もうそんな時間になるのかと少し驚く。

「俺は少し休むから瑛士もみんなと遊んでくるといい」

「そうさせてもらうよ。荷物をよろしく」

「ああ」

瑛士を見送ってから椅子に座り、クーラーボックスから炭酸飲料を取り出す。

ペットボトルの蓋を開けて喉《のど》を潤すと、ようやく一息つけた気がした。

「さて、しばらく遠目に葵さんたちでも眺めてようか――」

なんて思いながら視線を投げてふと気づく。

「あれ？」

楽しそうに浜辺で戯れる泉たちの中に葵さんの姿がない。

お手洗いにでも行ったんだろうかと思いながら辺りを見渡す。

「晃君、私も一緒にいい？」

不意に声を掛けられて振り向くと、すぐ傍に葵さんが立っていた。

「晃君が戻ってく姿が見えたから追いかけてきちゃった」

「少し休憩しようと思ってさ」

俺がそう答えると隣の椅子に腰を掛ける葵さん。

クーラーボックスから飲み物を取り出して葵さんに渡した。

「初めての海の感想は？」

「すごく楽しい！」

葵さんは一点の曇りもない笑顔で即答した。

シンプルな返答で全く具体的ではないけれど、だからこそ本心なんだろうと思う。

人は本当に驚いた時や感動した時、他にも美味しいものを食べた時などに語彙《ごい》を失うことがままあるが、今の葵さんがまさにそれなんだと思った。

「海の青さも、日差しの強さも、潮の香も、海水の冷たさも、砂浜を踏みしめる感触も……全部が初めてのことで新鮮。海がこんなに楽しいってもっと早く知っていたらな……」

もっと早く知っていたら――。

その言葉の裏に込められた少し複雑な想《おも》いは容易に想像できた。

今まで来たいと思っても来られなかった家庭環境を考えれば、残念に思う気持ちは理解できるし、逆に考えれば、それは海を楽しんでくれているなによりの証拠だろう。

だから、思うよりも早く言葉が零《こぼ》れたんだ。

「来年も来ようよ」

「え……？」

葵さんは飲み物を手にしたまま俺を見つめる。

「来年だけじゃない。再来年も、その翌年も遊びに来よう。瑛士や泉たちの予定が合わなければ二人で来てもいいいし、なんなら夏じゃなくて冬の海だって情緒があっていいと思う」

「晃君……」

「やりたいこと全部。俺でよかったらいくらでも付き合うから」

そう、別に海水浴にくることに限った話じゃない。

去年の夏休みに夏祭りに行った時、また一緒に行こうと約束し、その約束を今年叶《かな》えることができるように、これからは葵さんがやりたいと思うことは全部やれるんだから。

「そんなこと言われると、たくさん我儘《わがまま》言っちゃうかもしれないよ？」

「そんな我儘ならいくらでも付き合うさ」

「じゃあ私ね――」

俺たちは休憩しながらあれこれやりたいことを挙げていく。

夏の日差しのせいか、葵さんの頬は日焼けしたようにほのかに赤く染まっていた。

楽しい時間は早く過ぎると言うが今日ほど言葉の意味を実感した日はない。

その後、夢中で遊んでいるうちに日は傾き、気が付けば十八時になっていた。

あと四十分もすれば日が沈むため、俺たちは後ろ髪を引かれつつ帰り支度を始めた。

「俺はレンタルした物を返してくるよ」

「私も手伝う。晃君一人じゃ持ちきれないと思うから」

「ありがとう。瑛士たちはゴミの片付けや荷物の整理をお願いしていいか？」

「了解。三人で片付けておくよ」

「じゃあ葵さん、行こうか」

「うん」

その場を三人に任せ、葵さんと一緒にレンタルした物をまとめる。

俺は肩からクーラーボックスを下げてビーチパラソルを持ち、葵さんにはビーチチェアを持ってもらって返却に向かったんだが、その途中で葵さんがふと足をとめた。

「どうかした？」

「レジャーシート忘れちゃったね」

「ああ、そう言えば確かに」

「私、戻って取ってくるね」

「椅子はここに置いといて。俺がここからレンタルショップまで往復するよ」

「うん。ありがとう」

葵さんはビーチチェアを置いて瑛士たちのもとへ引き返していく。

その姿を見送ってから先にクーラーボックスとビーチパラソルを返却し、置いておいたビーチチェアを回収して返却。だけどその後、しばらく待っても葵さんが戻ってこない。

「なにかトラブルでもあったのかな……」

心配になり俺も引き返すことにしたんだが。

「……葵さん？」

途中、二人組の男たちに声を掛けられている葵さんの姿を見かけた。

「キミ、どこから来たの？」

「よかったら一緒に遊ばない？」

どうしたのかと聞くまでもなく見た瞬間に状況を理解する。

間に割って入ろうとしたんだが、耳にした言葉に足がとまった。

「ごめんなさい。友達を待たせているので遊べません」

葵さんはナンパ男たちの誘いを毅然とした態度で断る。

丁寧に頭を下げるその姿に、俺は驚きのあまり言葉を失った。

「もしかして友達も女の子？」

「だったらその子も一緒に遊ぼうよ」

諦《あきら》めるどころか無駄にポジティブな解釈をするナンパ男たち。

そんな二人に葵さんは臆することなく丁寧に断りの言葉を続ける。

その様子を見て、去年の夏祭りで葵さんがナンパされた時のことを思い出した。

あの時の葵さんは知らない男性に声を掛けられた恐怖に怯《おび》えていて、断ることも逃げ出すこともできずにいた。俺が駆けつけなかったらと思うと未《いま》だに不安を覚えるほどに。

でも今の葵さんは、あの時とは違いきっぱりとノーを示している。

あまりにも違う、まるで別人のような姿がそこにあった。

「いやいや、驚いてる場合じゃないだろ」

我に返り、急いで葵さんのもとへ駆け寄る。

庇うように葵さんとナンパ男たちの間に割って入った。

「お兄さんたち、やめておいた方がいいですよ」

「ん？　誰だおまえ」

「晃君――」

男たちは突然現れた俺にわかりやすく敵意を向けてくる。

去年の夏祭りで葵さんがナンパされた時の経験から学んだこと。

誰かれ構わず手当たり次第にナンパしているような奴《やつ》らは、上手くいかずにイライラしていることが多く、穏便に済ませようとしても感情的になってバカをやることが多い。

だから、はなから痛いところを突いてやるくらいがちょうどいい。

「この子の連れです。もう一度言いますけど、やめておいた方がいい」

「なんでおまえにそんなこと言われなくちゃいけねぇんだよ」

「彼女、未成年なんですよ」

　すると二人は露骨に気まずそうな表情を浮かべた。

「お兄さんたち成人されてますよね？　別に未成年に声を掛けること自体は悪いことじゃないですけど、社会通念上、もしくは条例的にも色々まずいんじゃないですかね？」

「「…………」」

　途端に黙り込むナンパ男二人組。

「最近は善意で子供に声を掛けても疑われ、お巡りさんの厄介になるご時世ですからね。未成年だとわかっているのに無茶すると、ご家族やお仕事的にも困るんじゃないですか？」

　直球で痛いところを突いてやったからだろう。

「ちっ……行こうぜ」

　ナンパ男二人組は俺を睨《にら》みながら舌打ちをすると去って行った。

　海にナンパをしにくるようなチャラい奴らだけど、それなりの常識はあるらしい。

　まぁこんなに可愛い女の子が一人でいたら声を掛けたくなる気持ちは同じ男として一ミリくらいは理解してやれるけど、そういうのは大人同士、後腐れのない範囲でやってくれ。

　触らぬ神と未成年に祟りなしってことでよろしく。

「葵さん、大丈夫だった？」

振り返って葵さんの様子を窺《うかが》う。

「うん。助けてくれてありがとう」

笑顔で頷《うなず》き、落ち着いた様子でお礼の言葉を口にした。

やはり怖い思いをして取り乱していた以前とは明らかに様子が違う。

「ごめんね。友達を待たせてるって言ったんだけど信じてもらえなくて」

「葵さんが謝ることなんてないさ。無事ならそれでいいよ」

安堵《あんど》に胸を撫でおろしながら、俺は改めて驚いていた。

周りに人がたくさんいるから変なことはされないと思っていたのかもしれない。もしくは俺がすぐに駆けつけてくれると信じ、慌てることはないと思っていたのかもしれない。

そうだとしても葵さんの変化に驚きを隠せない。

「レジャーシート返しに行こ」

「ああ……そうだな」

何事もなかったかのように笑みを浮かべる葵さん。

また一つ葵さんの変化を目の当《ま》たり《あ》にしたような気がした。

その後、全《すべ》て返却して瑛士たちの下へ戻り、帰り支度を進める。

最後に忘れ物がないか確認してビーチを後にした頃、すでに日は落ちていた。

「綺麗……」

帰り道、海沿いを歩いている途中——。

いつも元気の塊みたいな泉が珍しく穏やかな声でぽつりと呟いた。

眼前に広がる景色は騒がしかった昼間とは姿を変え、波の音だけがこだまする。

広大な海は色合いを濃くし、水平線と空の境界が滲《にじ》むようにぼやける。空は深い藍色からオレンジに色合いを変え、自然の生み出すグラデーションは息を呑むほどに美しい。

日が落ちてから夜の暗闇《くらやみ》が訪れるまでの、ほんのわずかな時間。

天候の良い時にしか見られない幻想的な風景が広がっていた。

「すごいね……」

葵さんも景色に見惚れながら感嘆の声を漏らした。

「マジックアワーっていうらしいよ」

「マジックアワー？」

俺も景色に目を向けながら頷く。

「日没後に十五分くらいだけ見ることができる、最も空の色が変わる時間帯のこと。少しの時間だけ、昼とも夜ともいえない不思議な光が辺りを包む光景をそう呼ぶんだってさ」

「そうなんだ……」

葵さんはおもむろにスマホを取り出してシャッターを切る。

隣で画面を覗くと、言葉の通り切り取ったような景色が収められていた。

「この景色を見られただけでも海に来た甲斐があったね」

「ああ。本当にそう思う」

その後、マジックアワーが終わるまで誰もその場から動こうとはしなかった。

それどころか暗くなっても余韻に浸るようにしばらく景色に見惚れ続ける。

きっと今日の景色を生涯忘れることはないだろうと思った。

*

グランピング施設に戻った俺たちは、すぐに夕食の準備に取り掛かることにした。

その前にシャワーを浴びて着替えようとも思ったんだが、バーベキューをしたら煙で服に匂いが付いてしまうということもあり、水着にパーカー姿のまま準備を始める。

海水や汗で身体がべたついて不快じゃないかと思われるかもしれないが心配ない。

ビーチにあった無料のシャワールームで洗い流したから平気だし、夏だけあって、もうすでに水着は乾いているから不快感がないどころか涼しくて快適だったりする。

なにより一分一秒でも長く葵さんの水着姿を拝めるんだから最高だろ。

「じゃあ、始めようか」

ウッドデッキにあるテーブルの隣にバーベキューコンロを設置。

あとは買ってきた食材の下ごしらえをすれば始められる。

「下ごしらえは購入時に担当した食材をやる感じでいいよな？」

「オッケ～♪　じゃあ私と瑛士君はお肉の準備だね！」

「日和は野菜を切り分けてもらえるか？」

「任せて」

俺と葵さんは魚介類を担当し、それぞれに作業に取り掛かる。

とはいえ、さすがに一つのテーブルで全員が作業をするにはスペースが足りないため、俺と葵さんはサニタリールーム内のキッチンとテーブルを使って下ごしらえをすることに。

まぁスペースがないというのも理由の一つだが、実は別の理由もあったりする。

言うまでもなく、いきなり伊勢海老を持っていって驚かせてやりたいから。

「始めようか」

「うん」

まずはホタテとサザエを箱から取り出してシンク内に並べる。

本来は殻をしっかりとスポンジで洗い汚れを落とした後、一晩塩水に浸けて砂出しした方がいいんだが、今回は時間がないため殻を開けて水道水で砂を洗い流すことにする。

葵さんに殻を洗ってもらい、俺がナイフで殻を開けて洗う作業を担当。

そんなわけでキッチンに並んで立って作業を開始。


まずはホタテの下ごしらえから。

洗い終えたホタテの殻の隙間からナイフを入れ、貝柱の片方を切り離す。

すると簡単に殻が外れるので、片方の殻が付いたまま流水で溜《た》まっていた砂をしっかりと落とす。これをしないといざ食べた時、砂を噛《か》んでしまって食べられたものじゃない。

仕上げにウロと呼ばれる苦みのある内臓部分を切り取って一つ完了。

残りのホタテも同じ感じで次々に処理していく。

「晃君、ホタテの味付けはどうしよっか」

「ホタテといえばバター醤油と思ってバター買っておいたんだ」

「美味しそうだね。じゃあ私、バターを切り分けちゃうね」

葵さんはさっそくバターを切ってホタテの上に載せる。

醤油は焼く途中でかければいい。


ホタテが終わると、次にサザエの下ごしらえに取り掛かる。

蓋の隙間から勢いよくナイフの先端を差し込み、一気に頭の部分を切り離す。

一気にというのがポイントで、ゆっくりやるとサザエが蓋を固く閉じて入らない。

次に中に残った身と内臓を指で引っ張り出し、ハカマと呼ばれる部位と砂を噛んでいることの多い内臓部分を切り離し、身と肝《きも》の可食部位を食べやすいように細かく切り分ける。

あとは身と肝を貝殻の中に戻して焼けばいいんだが、そのまま入れると奥に入り込んで取り出せなくなってしまうので、頭の部分に着いていた蓋を中に入れて栓をする。

こうしてサザエの身を貝殻の中に戻して下ごしらえ完了。

「こっちの味付けはどうしようか」

今度は俺から葵さんに聞いてみる。

「ホタテがバター醤油だからポン酢でさっぱり仕上げるとか？」

「なるほど。確かにその方が食べ合わせ的にも飽きなくていいな」

「水菜も刻んで散らすのはどうかな？　日和ちゃんが買ってくれてたよ」

「完璧《かんぺき》。そうしよう」

水菜という発想が出てくる辺り、葵さんが本当に料理を勉強した証拠だろう。

さっそく日和のところへ行って水菜を調達し、焼き上がったら水菜を載せてポン酢を掛けられるように小分けにしておく。

「最後にメインディッシュだな……」

「うん。メインディッシュだね……」

妙な緊張を覚えながら伊勢海老が入った箱をテーブルに載せる。

中を窺うようにゆっくりと蓋を開けると三尾とも生きていて鮮度抜群。

ちなみに伊勢海老の下ごしらえは簡単で、締めて半分に切り背ワタを取るだけ。

生きている伊勢海老だから少し抵抗があるが、そうも言っていられない。

一尾ずつまな板の上に載せ、いただく命に感謝の気持ちを込めながら腹部の急所に包丁を入れる。締まった後、切るというよりも割るイメージで縦に真っ二つに切り離した。

「「おお～！」」

断面からはみそと半透明のぷりぷりした身が露わになって思わず感動。

なんなら刺身でも食べたいところだけど今回はバーベキューだから我慢する。

尻尾《しっぽ》の先から背ワタを引っ張って抜いて下ごしらえは完了。ちなみに背ワタというのは消化器官の一つで、砂が残っていることが多いので抜いておくことをお勧めする。

ちなみに伊勢海老の血液がほぼ透明なのは意外と知られていない。


こうして購入した食材の下ごしらえが全て終わったわけだが……。

ぶっちゃけた話、手間を掛けずに豪快に網焼きにすればと思う人もいるだろう。

でも、せっかくなら少しでも美味しく食べたいし、普段めったに食べない食材だから失敗したくないし、そう考えるとこういう細かな一手間が大切だったりするんだよな。

ちなみにどうして俺が魚介類の下ごしらえについて詳しいかって？

今の時代、スマホがあれば解説動画を見られるから便利だよな。

「みんなのところへ戻ろう」

食材をトレイに載せてウッドデッキに戻る。

すると外で作業をしていた三人もすでに準備を終えていた。

「こっちはもう準備万端、早く始めよ――え？」

トングを手にした泉が待ちきれないと言わんばかりに俺たちを急かす。

だけど俺がテーブルにトレイを置いた瞬間、疑問の声を上げて固まった。

「え？　え？　ちょっとこれなに⁉」

「エビ。すごくでっかいエビ」

日和の言う通り、でっかいエビこと伊勢海老。

泉と日和は身を乗り出して食い入るように見つめる。

「まさか伊勢海老を買っていたとはね」

「伊勢海老⁉」

エビの正体を知った泉と日和がきらりと瞳を輝かせる。

「いい値段だから買おうか迷ったんだが、せっかく海に来たんだし奮発しようと思ってさ。さすがに一人一尾ってわけにはいかないから、みんなで仲良く分けあって食べてくれ」

掴み は上々、テンション爆上がりの泉を筆頭にバーベキューを開始。

さっそく食材を焼き始めたんだが。

「おい……ちょっと待て」

「ん～？　どうかした？」

どうかしたもなにも、気づけば俺以外の全員が着席していた。

なんだか嫌な予感というかデジャブを感じる。

「コンロは小さいし全員で焼く方が手間でしょ？」

「トングも一つしかないから手伝うのも無理」

いや、確かに泉と日和の言う通りでそれはそう。

それはそうなんだが、やっぱり俺が焼く係なの？

デジャブもなにも去年の夏休みと全く同じ状況だった。

「まったく……去年みたいに肉ばかり食べないで野菜も食べろよ」

「「「はーい♪」」」

お行儀よく返事をする女子三人。

なんだかんだ言いながら、トングを手に食材を焼き始める俺。

コンロの端で肉と野菜を焼きながら、まずは火力の強い中央でホタテを焼き始める。

すぐに身が音を立てながら殻の上で踊り出し、バターが溶けて火が入ったところで醤油を垂らす。瞬間、醤油の焼ける匂いとバターの香ばしい香りが辺りを包んだ。

「いい匂いがする！」

「空いたお腹には暴力的な香り」

暴力的なまでの飯テロの香りに歓声を上げる泉と日和。

その隣で葵さんは瞳を輝かせながらホタテを見つめる。

「もう少しだから待ってな」

続いてサザエに少量の調理酒を注《そそ》いで火にかける。

少しすると殻の中がぐつぐつと音を立てて煮え始め、いい感じに火が通る。

殻ごと皿に取り分け、仕上げに刻んだ水菜を載せて上からポン酢を垂らして完成。

葵さんと相談したようにホタテが濃い味付けにしてあるから、あえてサザエはさっぱりした味付けにしてみたんだが、はたしてみんなのリアクションはどうだろう。

「待たせたな」

口に合えばいいなと思いながら配る。

「もう食べていいの？」

「ああ。熱いから気を付けて食べろよ」

「「「いただきまーす！」」」

女子三人はお行儀よく手を合わせると、箸を手に好きな方から口にする。

泉はホタテにかじりついた瞬間、声を上げる代わりにとろけるような笑みを浮かべた。

口の中に食べ物が入っていて喋《しゃべ》れないかわりに、必死に伝えようと表情豊かに訴えてくるのがまるで顔芸。普段からうるさい泉だが顔だけでもうるさいとは思わなかった。

なんて言ったら怒られそうだが、それだけ美味しいということだろう。

「すごくさっぱりしてて美味しい！」

その隣でサザエを食べた葵さんが口元を押さえながら声を上げる。

どうやら水菜とポン酢の組み合わせは大正解だったらしい。

「サザエを食べるのは初めてだけど、こんなに美味しいんだね」

「そんなに気に入った？」

「うん。味はもちろん食感も好き」

葵さんは感動した様子で言葉と一緒にサザエを噛みしめる。

あっという間に食べ終え、少し物足りなさそうに貝殻の中を覗いていた。

俺は自分用に焼いていたサザエをトングで摑み、そっと葵さんの皿へ載せる。

「え……？」

「俺の分も食べていいよ」

そう言うと葵さんは驚いた様子で両手を振った。

「ううん。晃君が食べて」

「俺は食べたことあるし、そんなに気に入ったならたくさん食べて欲しいしさ。ていうか、ごめんな。そんなに気に入ってもらえるとわかってたら、もっとたくさん買ってきたのに」

葵さんは眉《まゆ》を下げ、悩ましそうな表情を浮かべながらサザエをじっと見つめる。

しばらく考えるように見つめた後、サザエの身を箸で摘まんで取り出し、落ちないように左手を添えながら俺の口元に差し出した。

「え？」

「半分こにしよ？」

俺に食べさせようとしてくれる姿に去年のバーベキューを思い出す。

あの時もひたすら焼き続ける俺に肉を差し出してくれた。

「ありがとう」

お礼を言ってからサザエをぱくりと口にする。

瞬間、想像していた通りの味が口の中に広がった。

「美味しい？」

「さっぱりしつつ歯ごたえもあって美味いな。もう一口いい？」

「もちろん。はい、どうぞ」

口を開けて待っていると、葵さんは追加で一切れ摘まんで運んでくれる。

あまりの美味しさに、もっとたくさん買っておけばよかったと後悔しながら味わっていると、俺たちを無言で見つめている泉と日和、おまけに瑛士の視線に気が付いた。

まさに目は口ほどに物を言うという言葉が相応しい。

三人とも明らかになにか言いたそうだった。

「……一応話を聞こうか」

なにを考えているか想像はつくが尋ねてみる。

「一年前のことを思うと感慨深いものがあるねぇ」

「間接キスくらいでうろたえていた晃が懐かしい」

近所のおばちゃんみたいなテンションで感慨深そうに語る泉と、気まずい記憶を思い出させようとしてくる日和。頼むからスマホでその時の写真を見せつけてくるのはやめてくれ。

ていうか、いつの間に写真なんて撮っていたんだ。

そしてどうして俺に送ってくれなかったんだ。

「食べさせてもらうくらい別にいいだろ？」

最近は慣れたせいか、人前なのをすっかり忘れていた。

でも冷やかされるくらいなら開き直るくらいがちょうどいい。

そう思って『このくらい当然だろ』的な感じで堂々と答えたんだが。

「うんうん。全然ＯＫだから気にせず続けてよ♪」

冷やかされるどころか、むしろ遠慮なくどうぞと勧められてしまう俺たち。

そう言われると気まずくて仕方がなく、俺と葵さんは揃って頬を染めた。

「さ、さて……そろそろ次の食材を焼かないとな」

俺は誤魔化《ごまか》すように咳払《せきばら》いしながらコンロの前に戻る。

近所のおばちゃん化した泉の口を塞《ふさ》ぐには美味しい物を口にぶち込むのが一番。

こうして泉を黙らせるべく、メインディッシュである伊勢海老の調理に取り掛かる。

半分に切った伊勢海老をコンロの上に置いて火を強めると、次第に殻が真っ赤に色合いを変えていき、半透明だったぷりぷりの身に火が入って徐々に白く焼き上がっていく。

そのタイミングでバターを載せると、再び辺りがいい香りに包まれた。

一匹目はバター焼きで、二匹目は塩とコショウを振っただけのシンプルな味付け。

最後の一匹は味付けに迷ったが、素材本来の味を楽しんでもらうため、あえてなにもつけない素焼きにし、途中で味変ができるように酢橘を輪切りにして添えておく。

こうして焼き上がった伊勢海老を大皿に取り分けてテーブルへ。

「やばい！　もう食べる前から美味しい！」

「泉、少し待って。写真撮っておく」

女子三人は一斉にスマホを手にして伊勢海老を激写する。

「みんなでシェアしやすいように切り分けるね」

我慢できず今にもかぶりつく勢いの泉だが、日和は犬に『待て』をするかのように首根っこを摑んで制止し、その隙に葵さんが泉から皿を遠ざけて身をナイフで小さく切り分ける。

手を伸ばしてつまみ食いをしようとする泉を葵さんが優しくたしなめていた。

日和はともかく、葵さんも泉の扱いが上手くなってきたのが微笑ましい。

「お待たせ。はい、どうぞ」

殻の中で器用に切り分けると皿をテーブルの中央に戻す。

待ちわびまくった泉が我先に箸を伸ばして口に放り込んだ。

「ん――!!」

もはや声にならない声を上げる泉。

その隣で日和は言葉もなく祈るように天を仰《あお》ぐ。

「……私はきっと、伊勢海老を食べるために今日まで生きてきたんだと思う」

そして全てを悟った感じでおかしなことを言い出す葵さん。

感動にしては重いが、生まれた意味にしては軽すぎる。

「さあ、残りの食材も焼くからどんどん食べてくれよ」

「もっちろん！　じゃんじゃん焼いちゃって♪」

三者三様の個性的なリアクションに笑いそうになりながら食材を焼き続ける。

こうして夜が深まる中、波の音に耳を傾けながら夕食を楽しんだのだった。

＊

夕食を食べ終えた二十時半過ぎ——。

お腹が満たされた俺たちは少しの食休みの後、お風呂に入ることにした。

テントには個別にシャワールームが付いている他、受け付け時にパンフレットで見た通り二〜三人用の貸し切り温泉施設もあって予約が空いていれば格安で利用することができる。

シャワールームを五人で順番に使うのは時間が掛かりすぎるため、ダメ元で受付に聞いてみるとちょうど空いているらしく、女子たちは温泉を利用させてもらうことにした。

せっかくだから明日の分も予約し、明日は俺と瑛士が利用予定。

その後、シャワーを済ませた俺と瑛士は冷たい飲み物を手にウッドデッキで夜風に当たり、他愛もない話に花を咲かせながら女子たちが戻ってくるのを待っている。

こうして二人だけで話すのはずいぶん久しぶりだった。

「新しい学校での生活はどうだい？」

すると瑛士は少し唐突とも取れるタイミングで尋ねてきた。

いや、唐突とは違う——再会してから今の今までいつでも聞けたこと。

それをあえて今になって聞いているのは、きっと瑛士なりの配慮だろう。

もし仮に新しい環境での生活が上手くいってなかったり、言いにくいことがあったりしたとしても、その話を聞くのは瑛士だけでみんなを心配させることもない。

自分でよければ話を聞くし、相談にも乗るという意思表示。

相変わらずイケメンすぎて、俺が女だったら惚《ほ》れて泉と修羅場ってるわ。

「それについてはお礼を言おうと思っていたんだ」

俺にとっても今以上にいいタイミングはなかった。

「結論を先に言えば、おかげさまで順調だよ」

「そうか。それはよかった」

瑛士は安堵の笑みを浮かべる。

「前にも言ったが、以前の俺は転校の度に全てを諦めていた」

「うん。何度か聞いたことがあったね」

「それまでの人間関係を繋ぎとめることも、新しく人間関係を作り上げることも、どうせ最後には全て諦めなくちゃいけないなら、初めから望むことに意味はないと思ってたんだ」

でもそれは、俺の勝手な思い込みだった。

「葵さんや泉、クラスのみんなと過ごす中で諦めなくていい関係や想いがあることを知った。むしろ繋ぎとめられなかったのは、俺が諦めていたせいだと反省したくらいだ」

今ならそれも必要な経験だったと思える。

一度諦めたからこそ大切さに気付けた側面はあるだろう。

でも——。

「そう思えたのは他の誰でもない、瑛士のおかげなんだ」

「僕のおかげ？」

瑛士は珍しく意外そうに声を上げた。

さすがに瑛士にとっても予想外だったんだろう。

「あの街に戻ってきた俺を、おまえが覚えていてくれたから」

六年以上だ——。

当時、同じ幼稚園に通っていた俺たち。

小学校に上がるタイミングで引っ越した俺が、中学一年の途中で戻ってきて再会するまでの間、六年以上もの月日が経っていたにも拘わらず瑛士は忘れずにいてくれた。

再会した時、当然のように『おかえり』と話し掛けてくれた瑛士の顔は忘れられない。

自分を忘れずにいてくれる奴がいたことを初めて嬉しいと思えた出来事。

「みんなに感謝してる。でもやっぱり瑛士、おまえのおかげだよ」

「なるほど……そこは親友として少しだけ調子に乗っておくよ」

言葉通り、瑛士にしては珍しく得意げに口にする。

あえて謙遜しないのも俺の気持ちを立ててくれているからだろう。

きっと瑛士との関係は、この先なにがあっても変わることはないはず。

また離れ離れになっても、なにかの事情があって一時的に連絡が途絶えたとしても、再会が十年後でも二十年後になったとしても、死ぬまで親友でいられる確信がある。

この関係だけは絶対に変わらないと思った。

「俺も聞きたいことがあるんだけどいいか？」

「なんだい？」

「葵さんの、その後について」

聞くなら今しかないと思った。

「葵さんには聞いていないのかい？」

「もちろん聞いてるよ。今でこそ葵さんは俺に色々話してくれるようになったけど、葵さん本人じゃなく、傍にいる人だから見えることや思うこともあると思ってさ」

「なるほどね。そう言うことなら——」

瑛士はそう前置きを挟むと、学校での葵さんの様子を話し始めた。

高校二年生になって泉や瑛士とは違うクラスになってしまったが、新しいクラスメイトと上手くやっていること。自分から積極的に輪に加わり、友達もたくさんできたらしい。

なにより驚いたのは、葵さんがクラス委員になったことだった。

自ら立候補をしたわけではなく友達に推薦され、最初は断るつもりでいたらしいが、泉もクラス委員になることを知って色々相談できるならと引き受けることにしたそうだ。

クラス委員の集まりでも同じ委員の人たちと上手くやっているらしい。

「葵さん、本当に変わったよな……」

もはや驚きを超えて驚愕《きょうがく》する。

葵さんの変化を感じてはいたが改めて実感した。

「そうだね。にわかに信じ難いくらいに変わったと思う」

すると瑛士は少し考えるように視線を流す。

「僕はね、人は基本的に変われないものだと思っていたんだ」

「思っていた？」

瑛士にしては珍しく過去形で文末を締める。

疑問符を浮かべる俺に、瑛士は言葉を選びながら続ける。

「物心がついてから十年以上かけて形成された人間性は、そう簡単には変わらない。それは年齢を重ねるほどに難しくなる。だから僕は、基本的に人は変われないものだと思っていた」

「この前、泉も似たようなことを言ってたよ。二人でそんな話でもしたのか？」

「いいや、してないよ。でも僕らはその辺りの価値観は近いからね」

さすが誰もが憧《あこが》れる恋人同士、似た者同士ってことだろう。

それはともかく、瑛士のことをよく知っている俺だから理解できる。

誤解なきように補足すると、変われないことを悪いと言っているんじゃない。変わることを素晴らしいと思う考え方がある半面、変わらない良さもある。要は個々の在り方や受けとめ方の違いであり、瑛士が言いたいのは良し悪しの話じゃない。

今にして思えば、泉が言っていた話も同じことなんだろう。

「でも葵さんを見ていると、僕は自分の考えを改めないといけないと思った」

そして葵さんの変化は、瑛士の考えすらも変えてしまうほどのことらしい。

「人は基本的に変われないという考えは変わらないけど、それでも変われるとしたら、それだけ本人にとって大切な理由がある場合。葵さんにとってのそれは、晃との約束だった」

「…………」

「心から素敵なことだと思ったよ」

瑛士は噛みしめるように言葉を続ける。

「誰かのために自分を変えたいと願うことは、得てして依存と取られかねないだろう?」

「確かに、相手に理由を求めている時点でそう思われても仕方ないよな」

「でも葵さんは違う。むしろ依存を克服するために変わろうとした。人は変わりたいと願ったところで行動に移せる人は一握り。結局、時間の流れと共に熱が冷めていき、なにか適当な理由を付けて変われない自分を正当化してしまうことの方が多い」

——行動に移せる人は少ない。

——適当な理由を付けて変われない自分を正当化する。


それはおそらく、誰もが一度くらいは心当たりがあることだと思う。

明日から、明後日から、時期が悪いから改めて——そう思って先送りして、結局なにもやらず、やらなかったことを後悔したことすら忘れてなかったことにしてしまう。

もちろん俺もあるし、瑛士や泉だってあるだろう。

だからこそ葵さんに尊敬の念を覚えずにはいられない。

「素敵なことだと思うと同時、羨ましくも思った」

「羨ましい？」

確固たる意志を持つ瑛士にしては珍しい言葉だった。

「少なくとも僕と泉の関係は、お互いに変化をもたらすものじゃない。僕らはお互いを尊重する付き合いを大切にしているから、相手に合わせることはあっても変わることはない。自分のために相手を変えるような支配的な付き合いはよくないと思っているからね。良くも悪くも対等な付き合い——僕らにはそれが正解だけど、二人のような関係に憧れもする」

「お互いの付き合いに疑問はないが、隣の芝生は青いって感じか？」

「そうだね。まさにそんな感じだよ」

瑛士はわずかに微笑んで見せた。

「きっと二人の出会いは運命なんだろうね」

「運命か……」

カップルは考え方まで似るんだろうか、それも泉が言っていたことと同じ。

自分たちの出会いは運命や奇跡じゃないからこそ、一緒にいられる努力が必要だと。

「自分を変えるほどの出会いは一生の内にそうはない。一度もない人もいる。二人は幸運にも出会えたんだから、これはもう運命とか奇跡とか、僕ですらそういう類いのものだと思う」

泉だけではなく瑛士にも言われると妙な説得力がある。

でも、だからこそ思う。

「葵さんに比べると、俺はなにも変わってない」

それは葵さんの変化を感じる度に思っていたこと。

「そんなことないさ」

「そうかな?」

「自分のことは案外わからないものだからね」

瑛士は俺の言葉を優しく否定した。

「例えばそうだな……晃はさっき、人間関係を諦めなくなったと言っていたよね」

その一言にハッとさせられた。

「葵さんが晃と出会って変わったように、晃は僕や泉、そして葵さんと出会ってすでに変わってる。自分の変化や成長は過小評価しがちだけど、僕から見て晃は再会した頃と比べて別人レベルで変わったよ。それは昔と今の晃を誰より知っている僕が保証する」

「瑛士……」

「だからそんなに心配することはないさ」

本当に自分が変わったかどうかはわからない。

でも瑛士がそう言ってくれるなら信じてみようと思った。

「ありがとうな」

わずかに曇っていた心が晴れたような気がした。

「お待たせ――」

ちょうど話が一段落したところでウッドデッキに声が響く。

視線を向けると、そこには温泉から戻ってきた葵さんの姿があった。

その姿が妙に色っぽく見えたのは、お風呂上がりで紅潮した頬のせいか、わずかに潤いを残す長い髪のせいか、それとも夏の夜のなんとも言えない雰囲気のせいだろうか。

すぐ後ろには泉と日和の姿もあった。

「お風呂でスッキリしたら、どっと疲れが押し寄せてきた感じだよ～」

泉は椅子に座るなりテーブルに突っ伏し、日和はテントの中へ消えていく。

「あれだけ遊び倒せば疲れもするよな」

かく言う俺も疲れとは違うが心地よい倦怠感に包まれている。

まさに夏を満喫しているって感じがして気分がいい。

「どうする？　明日もあるし早めに寝るか？」

スマホに目を向けるとまだ二十一時半を過ぎたところ。

さすがに寝るには早いと思いつつも提案すると。

「疲れてるけど寝るには早いでしょ！」

泉は元気を振り絞る感じで声を上げた。

眠気を必死に我慢して遊ぶと言い張る小さな子供みたい。

「遊び足りないなら付き合うけど、なにかしたいことでもあるのか？」

「ある。実はスーパーで買っておいたの」

テントの中から戻ってきた日和は、そう言ってテーブルの上に大量の花火をぶちまけた。

どうやら泉と日和でこっそり買っていたらしく、葵さんも俺の隣で驚いている。

でもその瞳は、それこそおもちゃを与えられた子供のように輝いていた。

「私、花火したことないの」

確かに去年、打ち上げ花火は見たが手持ちの花火はしなかったな。

そういうことならやらないわけにはいかないだろう。

「よし。じゃあ準備しようぜ」

「「「はーい！」」」

バーベキューの時は誰も動かなかったのに、こういう時は自発的だからうける。

ビーチで遊んでいた時に見かけた看板に、浜辺で花火をやる際の注意事項として、二十二時半以降は条例で禁止されていると書いてあったから残りは一時間くらい。

花火とライター、管理事務所でバケツを借りて水を入れてから海へ向かう。

道路を挟んですぐそこが浜辺だが、すでにあちこちで花火の明かりが灯っていた。

先客の邪魔にならないように少し離れたところで場所を確保し、さっそく備え付けの蠟燭《ろうそく》を立ててライターで火をつける。

海に向けて吹く穏やかな風に、火はわずかに揺らめいていた。

「日和、お待たせ」

「うん」

近くで花火を手に待っていた日和に声を掛けて場所を譲る。

花火の先を火にかざした次の瞬間、華やかな明かりが俺たちを照らした。

「日和ちゃん、私にも火ちょうだい」

「わたしもー！」

葵さんと泉は花火を手に日和から火を分けてもらい、瑛士も加わる。

三人の花火にも火が付くと、みんなの表情が見て取れるくらいの明るさに包まれた。

夏の暗闇を照らす色鮮やかな明かりと立ち込める煙。火薬の匂いと混ざる潮の香りに、頬を撫でる夏を感じさせる生温い風と、まさに夏の風物詩の詰め合わせパック。

おまけに美少女三人の戯れている姿を拝めるなんて男にとって贅沢すぎる。

砂浜に座って見惚れていると、しばらくして葵さんが俺のもとへやってきた。

「晃君はやらないの？」

「俺は火とバケツの番をしてるから気にせず楽しんできな」

「でも、そしたら晃君が一人ぼっち……」

葵さんは少しだけ難しそうな表情を浮かべる。

するとなにやら思いついた様子で花火の入った袋に手を伸ばす。

しばらくすると『あった……！』と小さく声を上げてから振り返った。

「これなら火の番をしながらでもできるでしょ？」

そう言って差し出してきたのは線香花火の束《たば》だった。

「確かに、これならできるな」

「うん。一緒にやろ」

俺は隣にしゃがみ込んだ葵さんから線香花火を受け取る。

二人で一緒に線香花火の先端を蠟燭にかざすと、すぐに火が燃え移って小さな火球を作り出

し、落ち着いたと思った次の瞬間——バチバチと音を立てて火花が散り始めた。

弾《はじ》けては消える火花は、まるで燃えるように赤く咲き誇る彼岸花《ひがんばな》のよう。

季節には少し早いが短命な花を彷彿《ほうふつ》とさせる儚さに思わず見惚れる。

こうして線香花火を楽しむのはいつ以来だろうか。

「綺麗だね……」

「派手な花火もいいけど、こういうのも風情があっていいよな」

そんな会話をしている間に線香花火は燃え尽きてぽとりと落ちる。

時間にして一分にも満たない短さもまた線香花火らしくていい。

「終わっちゃったね」

葵さんは落ちて黒ずんだ火球を見つめながらぽつりと漏らす。

俺は残りの線香花火を手にとって葵さんに差し出した。

「もう少し付き合ってもらえる?」

「うん……」

こうして俺たちは二本目の線香花火に火をつける。

夜の砂浜を照らす無数の花火の明かりは疑うべくもなく美しい。

でもそれ以上に、隣で線香花火を見つめる葵さんの横顔が美しく、俺は花火そっちのけで葵さんに見惚れていたのだった。

第六話　海と水着とグランピング・二日目

「んん……」

翌朝、俺《おれ》はカーテンの隙間《すきま》から差し込む朝日の眩しさで目が覚めた。

枕元《まくらもと》に置いてあるスマホを手にして時間を確認すると、まだ五時過ぎ。

普段なら二度寝をするところだが、妙に寝覚めがよくてそんな気にはならない。

アラームをセットした七時にはだいぶ早いが、みんなを起こさないようにそっとベッドから起き上がり、冷蔵庫からお茶を取り出して外のウッドデッキへ移動する。

「おお……」

外に出た瞬間、目の前に広がる光景に思わず感嘆の声が漏《も》れた。

東の空、水平線から顔を覗《のぞ》かせた太陽が見渡す限りをオレンジ色に染めている。

まだ日の出からさほど時間が経《た》っていないからか、それともここが海沿いだからか。夏の早朝にしては過ごしやすい気候で、頬《ほお》を撫でる穏やかな風は思いのほか涼しく感じた。

身体を伸ばしながら深呼吸をすると徐々に意識が覚醒《かくせい》していく。

「綺麗《きれい》な朝焼けだね……」

少し経って完全に目が覚めた頃、不意に後ろから声が響く。

振り返ると、そこには笑顔を浮かべている葵《あおい》さんの姿があった。

「ごめん。起こしちゃったか」

葵さんは小さく首を横に振ると隣に腰を掛けた。

「実は晃《あきら》君が起きる少し前に起きてたの」

「そうなの？」

「きっと旅行中で少し気分が高ぶってるからだと思う」

「俺もそう。いつもなら二度寝するのに妙に目が冴《さ》えちゃってさ」

似た者同士、まるで遠足前の子供か修学旅行中の中学生のよう。

でも今は、そんな些細《ささい》な共通点すら嬉《うれ》しかったりした。

「みんなが起きる前に朝食の準備しちゃおっか」

「それもいいけど――」

せっかく早起きしたんだしと思った直後、ふと一つの記憶が頭をよぎる。

ここに遊びに行くと聞かされた後、ネットで調べていた時に見つけた興味深い記事。

もしタイミングが合えばと思い頭の片隅に留めていた、この海ならではのイベント。改めてスマホで調べてみると今の時間なら目にすることができると書いてあった。

俺はスマホをポケットにしまい葵さんに手を差し伸べる。

「まだ時間はあるから少し散歩でもしない？」

「うん。行きたい」

葵さんは俺の手を取って立ち上がる。

「散歩ついでに葵さんに見せたいものがあるんだ」

「私に見せたいもの？　なんだろう？」

「それは着いてからのお楽しみ」


こうして俺たちはグランピング施設を後にし、昨日海水浴を楽しんだビーチへ向かう。

早朝だからか砂浜に人の姿はなく、海でサーフィンを楽しむ人の姿をちらほら見かけるくらい。道路を走る車も少なく、たまに犬の散歩をしている人とすれ違うくらいだった。

朝焼けに輝く海を眺めながら波の音をＢＧＭに歩くこと二十分――。


「これって――」

ビーチに到着すると、葵さんは足をとめて息を潜めた。

目の前に広がる幻想的な光景に俺たちはしばし声をなくす。

「晃君が言ってた見せたいものって、これだよね？」

「ああ」

「まるで砂浜に鏡が敷いてあるみたい……」

まさに葵さんが言葉にした通り。

辺りは一面、鏡を敷いたように周りの景色を映していた。

朝焼けのオレンジ色も、空に浮かぶ白い雲も、ビーチを歩いている人の影も。目に映る世界の全《すべ》てを百八十度反転して映し出し、浜辺に幻想的な逆さまの世界が広がっていた。

「リフレクションビーチって言うんだってさ」

「リフレクションビーチ？」

葵さんは興味深そうに言葉を繰り返す。

「ここは国内でも有数の遠浅の海岸で、満潮から干潮に向かうわずかな時間、こうして浜辺に残った海水が鏡のように景色を反射する。その現象をリフレクションビーチって呼ぶらしいんだけど、特定の条件を満たさないと見られない貴重な光景なんだってさ」

特に風が穏やかな日は、より鮮明に辺りの景色を映し出す。

まさに今日は最高のコンディションと言っていいだろう。

「こんな素敵な景色が見られるなんて、早起きしてよかった」

葵さんは目を細めながら感動した様子で呟いた。

「写真撮ってあげるよ」

「本当？」

するると葵さんはサンダルを脱ぎ、裸足《はだし》で海水の張った浜辺に立つ。

片手でサンダルを持ち、もう一方の手で長いスカートを摘まんで軽く持ち上げると、海面に映る自分の姿を確認するようにポーズを取ってから満面の笑みを向けてくる。

その足元には葵さんの姿が鮮明に反射していた。

「撮るよ」

「うん。お願い」

スマホを掲げ画面越しに葵さんを見つめる。

何枚か写真を撮ると、葵さんはモデルのように何度もポーズを変える。

幻想的な光景に浮かぶ葵さんに見惚《みと》れ、思わずシャッターを切る手がとまった。

これから先も俺は葵さんと一緒に色々なところへ行き、色々な景色を見るんだろう。来年も再来年も、その先もずっと……こうして葵さんの姿を写真に収めるんだと思う。

だからこそ、ふと思ったんだ。

俺が目にする景色の中には、いつも葵さんの姿があって欲しいと。

俺が葵さんと一緒にいたい理由なんて、それだけで充分だと思った。

「晃君、どうかした?」

葵さんは手をとめている俺に気づいて心配そうに声を掛けてくる。

「ごめん。見惚れて手がとまっちゃったよ」

俺はそう答えながらスマホを掲げ直してふと気づく。

こうして美しさに見惚れる度に手がとまるくらいなら、動画で撮影して後から静止画として切り取った方が間違いはない。撮影モードを写真から動画に切り替えて撮影を再開。

しばらくして撮影を終えた頃、朝焼けの時間は終わり青空が広がっていた。

「晃君、どうだった？」

葵さんは俺の傍へ駆け寄ると一緒に撮った写真と動画を確認する。

そこには想像を超える美しい写真や映像が映っていた。

「すごい……綺麗だね」

「写真だと伝わらないことも多いけど、これはよく撮れてるな」

「晃君も撮ってあげるよ」

よほど写真がお気に召したんだろう。

葵さんは自分のスマホを取り出すと、俺の背中を押して浜辺に立たせる。

いや、俺はいいから葵さんの姿をもっと撮っておきたい——なんて希望を言う間もなく、まるで撮影会が始まったかのようなテンションで楽しそうに写真を撮りまくる葵さん。

まぁ葵さんが楽しんでくれるならいいか、なんて思っていると。

「できたら一緒に映りたいね」

葵さんは不意に手をとめて画面を眺めながらポツリと漏らす。

確かに二人一緒に映った写真は、この夏の素敵な思い出になるだろう。

この場に瑛士《えいじ》たちがいれば撮ってもらえるが、リフレクションビーチが見られるのはわずかな時間だけ。今から呼びに行っても戻ってくる頃にはもう終わっているだろう。

残念だけど仕方がない。

「またいつか来た時に撮ろう――」

言いかけた直後、葵さんは不意に辺りを見渡し。

「ちょっと待ってて」

近くで犬の散歩をしていたお姉さんのもとへ駆けていく。

声を掛けて何度か言葉を交わすと、お姉さんを連れて戻ってきた。

「お姉さんが撮ってくれるって！」

葵さんはお姉さんにスマホを渡すと俺の隣に並んで笑みを浮かべる。

そんな葵さんとは対照的に、俺は改めて驚きを感じていた。

今さら理由なんて言うまでもなく、葵さんが見ず知らずの人に声を掛けたから。

俺の知っている葵さんは人見知りで遠慮がちで、仲良くなった友達とは普通にコミュニケーションをとることができるものの、初対面の相手に声を掛けるタイプじゃない。

少なくとも一緒に暮らしていた頃の葵さんからは想像もできない行動。

改めて、昨日ナンパされた時のように葵さんの変化を実感する。

昨夜、瑛士が言っていた通り葵さんは変わった……。

「晃君、どうかした？」

「いや、なんでもないよ」

心配そうに顔を覗き込んでくる葵さんに笑顔を返す。

それから俺たちはお姉さんに何枚か写真を撮ってもらった。

「最後にもう一枚、どんなポーズで撮ってもらおうか」

「そうだな……」

ふとリフレクションビーチについて調べていた時に見た画像を思い出す。

「一緒にジャンプしてるところを撮ってもらおうか」

「青春っぽくていいね。そうしよ」

二人でしっかりと手を繋《つな》ぎ『せーの』と声をあわせてジャンプする。

その瞬間をばっちり収めてもらいリフレクションビーチでの撮影は終了。

手伝ってくれたお姉さんにお礼を言ってお別れをした後、二人で浜辺に座り撮った写真を眺めながら、心ここにあらずとまでは言わないものの思わずにはいられないこと。

——それは他でもない、葵さんの変化という名の成長について。

改めて、人はたった四ヶ月でこれほど変わるのかと驚かずにはいられない。

変化を目の当《まあ》たりにする度に、俺の中で一つの決意が固まっていく。

それは転校前に保留した二人の想《おも》いに他ならなかった。

＊

ビーチを後にしてグランピング施設に戻ったのは七時過ぎ――。

みんな起きた直後で、俺たちの姿が見当たらなくて心配していたらしい。

スマホを確認すると鬼のように通知が来ていた。起こしちゃ悪いと思ってメッセージはしなかったんだが、書き置きの一つでもしておけばよかったと申し訳ない気持ちになったりした。

ちなみに泉《いずみ》と日和《ひより》に『どこに行ってたの？』と聞かれて写真を見せると。

「「二人だけでずるい！」」

なんで起こしてくれなかったんだと二人の不満が大爆発《ばくはつ》。

「ごめんて……天気がよければ明日も見られるからさ」

そう言って葵さんと二人でなんとかなだめる。

だけど日和はともかく泉……おまえは早朝に起きられるのか？

今回は泉を起こす必須アイテム、寝起き用のよもぎ饅頭は用意していない。

季節によっては夕方にリフレクションビーチを楽しむこともできるらしいが、残念ながら今の時期は日の出後のわずかな時間しか見られない。おそらく泉には無理だろう。ていうか今起きていることすら驚きなんだが、それを言ったら火に油だから黙っておく。瑛士、今度夕方に見られる時期に連れてきてやってくれ。

「それで、今日の予定は決めてあるんだっけ？」

そんなこんなで、ささっと作った卵トーストを片手に朝食タイム。

ウッドデッキで海を眺めながら朝食をいただくという贅沢極まりない至福の時間を過ごしながら、泉に今日の予定を確認してみる。

「今日は近くの漁港に行こうと思ってるの」

「漁港？」

「漁港に隣接した海鮮市場があって、水揚げ直後の新鮮なお魚が買えたり、その場で食べたりできる観光スポットになってるらしいの。週末は車が停められないいくらい混むらしいよ」

「名物の海鮮丼は外せない。お昼はみんなで海鮮丼を食べるの」

日和は事前にリサーチ済みらしい。

瞳《ひとみ》をキラキラと輝かせながらスマホを差し出す。

そこには確かに美味《おい》しそうな海鮮丼の画像が表示されていた。

「確かに面白《おもしろ》そうだな。せっかくだから今日の夕食の食材も買ってくるか」

「二日連続バーベキューなんて贅沢だね。美味しいお魚も食べたいな」

「いいね。市場なら昨日のスーパー以上に品揃《そろ》えもいいだろうしな」

なんなら葵さんに大好評だったサザエをまた買ってもいい。

俺たちは朝食を済ませ、出発の準備に取り掛かった。

＊

準備を終えてグランピング施設を後にしたのは九時過ぎ——。

目的地の市場は歩いて約一時間。少し距離があるためバスを使おうと思ったが本数が少なく、また待ち時間を踏まえると徒歩とさほど変わらないため歩くことにした。

せっかくなら海沿いを散歩しながら行こうということになり少し遠回り。

なんだかんだで市場に到着したのは十時半近くだった。

「泉の言ってた通り、すごい人の数だな」

今日は平日だが夏休みだからだろう。

家族連れや恋人同士など、すでに大勢の観光客で溢《あふ》れかえっていた。

海の傍に作られたこの市場は、その日の朝に水揚げされた新鮮な魚介類をリーズナブルな価格で買えるのが人気で、関東でも有数の観光市場として年間に百万人以上が訪れるらしい。

他にも海鮮丼屋や回転ずし店など、港町ならではのお食事処も軒を連ねる人気スポット。

その証拠に、ここに来る道中も道路には駐車場の空き待ちの車が長蛇の列を作っていた。

「さて、どこから見て回ろうか」

我ながらテンションが上がっているのを自覚する。

逸《はや》る気持ちを抑えきれずにそう声を上げると。

「まずはお昼を食べるお店を探そうか」

瑛士に思いっきり出鼻をくじかれてしまった。

さすがに着いたばかりでお昼の心配は早いだろうと思ったんだが。

「ここはどのお店も一時間待ちが当たり前らしくてね。事前に受け付けを済ませておかないといつまで経っても順番が回ってこないらしいから、見て回る前に済ませておいた方がいい」

「マジか……」

確かにこれだけ観光客がいれば当然か。

俺たちは瑛士の提案通りいくつかの飲食店を見て回る。

定食屋に海鮮丼屋に回転ずし店の他、少しお高そうな店も。その中からよさそうな海鮮丼屋に決めて受付表に名前を書こうとすると、すでにたくさんの名前が記入されていた。

店員さんにおおよその待ち時間を聞くと一時間半くらいとのこと。

瑛士が事前に調べておいてくれてマジで助かった。

「お昼までは自由行動ってことで。日和ちゃん行こ♪」

「うん」

すると泉は日和の手を取ってぱたぱたと駆けていく。

瑛士も『また後で』と言って二人の後に続いた。

「「…………」」

意図せず二人きりになり顔を見合わせる俺と葵さん。

まぁこれもいつも通り、みんなの気遣いなんだろう。

「俺たちも行こう」

「そうだね」

どちらからともなく自然に手を繋いで海鮮市場の散策を始める。

ちなみに市場は漁港沿いに一直線に続いていて端から端まで四百メートルほどの敷地。その中に見て回った飲食店をはじめ、鮮魚店や水産加工物店などが二十店舗ほど軒を連ねる。

確かにここなら一日遊べるだろうなと思いながら辺りを見渡す。

すると真っ先に目に付いたのは、ずらりと並んだ干物を扱う出店の数々だった。

独特の香りに誘われて覗くと、鯖《さば》のみりん干しやホッケの一夜干し。他にもしらす干しなどが並び、今すぐ白いご飯を持って来てくれと言いたくなるほど良い匂《にお》いが漂っている。

それもそのはず、お店の隅で店員さんが試食用に干物を焼いていた。

この匂いでお客さんを誘うのはずるいだろ。

「いくつか買って帰ってもいいかもな」

「おばあちゃんへのお土産にしようかな」

「いいと思う。おばあちゃん干物好きなの？」

「うん。自分でお魚を買ってきて作っちゃうくらい」

なんて会話をしていると、店員さんが試食品の乗った小皿を手に声を掛けてきた。

普段なら気が引けて遠慮するところだが、すでになにかしら買う気でいるから遠慮なくいただくことにしたんだけど……渡された量が試食ってレベルじゃなくて超大量。

景気がよすぎるだろうと思いつつ、さっそく二人で食べてみる。

「うわ……うまっ」

思わず雑なリアクションを取ってしまうくらい美味しくてびっくり。

ほぐした身だけ渡されたからなんの魚かわからなかったが、ほどよい甘みと塩気。干したことで水分が飛んで凝縮された味から察するに、間違いなく鯖のみりん干しだろう。

本当にご飯が欲しくなるくらい濃い旨味が口の中に残り続ける。

「葵さんはどう？」

「…………」

感想を聞こうと視線を向けると、葵さんは一心不乱に無言でぱくぱく食べていた。

そんな葵さんに気をよくしたのか店員さんは次々に試食の品を持ってくる。

そんなこんなで試食をしまくること十五分――。

「最初のお店からずいぶん買っちゃったね……」

「さすがにちょっと買いすぎたかな……」

結局ほとんどの商品を試食させてもらった俺たち。

お店を後にする頃には、手提《てさ》げ袋《ぶくろ》がいっぱいになるほどの干物を購入していた。

本当に美味しいから後悔はしていないんだが、商売上手な店員さんの術中にはまった気分。

いやだってさ、マジで炊き立てのご飯を持ってくるとか思わないじゃん？

おかげで干物の美味しさが三割増し、そりゃ買いすぎるよ。

「でもほら、干物は保存がきくから無駄にはならないしさ」

「そうだよね。それに今日の夕食でも食べればいいし」

「意外と泉と日和が食べつくしてくれそうだしな」

そう考えると多めに買っておいてもよかった気がしなくもない。

あとで二人と合流した時に聞いて、なんなら追加で買えばいいか。

「さて、次は新鮮な魚も見てみたい――ん？」

なんて思いながら歩いていると、鮮魚店の前に人だかりができていた。

店先から通路に溢れるほど大勢の人が集まり、なにやら歓声を上げている。

「なんの人だかりだろうね」

「気になるな……行ってみよう」

さっそく近づき人混みの隙間から中を窺《うかが》う。

すると、すぐにその理由がわかった。

「これ……牡蠣《かき》か」

そこにはあったのは氷が敷き詰められたワゴンの上に山積みされた大量の岩牡蠣。

一つ四百円と書かれた札と一緒にこれでもかと言わんばかりに積まれ、近くに設置されたテーブルの上には醤油と輪切りのレモン。足元には殻を捨てるバケツも置いてある。

近くの店員さんにお願いすると殻を剥いてくれて、その場で食べられるらしい。

あまりの人気に人は絶えず、こうして様子を窺っている間にも大勢のお客さんが岩牡蠣を購入し、大きな身をぺろりと丸呑《まるの》みしては幸せそうな表情を浮かべていた。

「晃君、食べてみたい！」

俺の手をきゅっと握りしめ、瞳を輝かせながら訴えてくる葵さん。

その姿があまりにも微笑ましくて断る理由なんてなかった。

「そうだな。せっかくだし」

「すみません。二つください！」

葵さんは店員さんにお金を渡し、殻を剥いてもらった岩牡蠣を受け取る。

ボリュームのある大きな身に驚きつつ、醬油を少し垂らして準備万端。

「葵さん、食べるのは初めて？」

「うん。晃君は？」

「冬が旬の真牡蠣は食べたことがあるけど岩牡蠣は初めてだな」

「やっぱり違うのかな？」

「さっそく確かめよう」

期待に胸を膨らませながら殻の端に口を添え、大きな身をするりと頰張《ほおば》る。

嚙《か》んだ瞬間、プリプリとした食感と共に、ほどよくクリーミーな味わいが口の中に広がった。

嚙めば嚙むほどに清々しい磯の香りが溢れ出して鼻の奥から抜けていく。

濃厚な真牡蠣とは違い、いかにも夏らしい爽《さわ》やかな味わい。

あまりの美味しさに思わず無言で天を仰《あお》いだ。

「葵さん、どうだった――？」

きっと葵さんも満足してくれたに違いない。

感想を聞こうと思って葵さんの方へ振り向くと。

「……葵さん？」

そこには両手に岩牡蠣を持っている葵さんの姿があった。

まだ食べていないのかと思ったが、一個増えているのはなぜだろう。

「葵さん、それどうしたの？」

「えっと、あの……レモンでも食べてみたくて」

驚く俺の様子を見て、少し気まずそうに視線を逸らす葵さん。

つまり俺が美味しさのあまり天を仰いでいる間、葵さんは秒でぺろりと平らげ、あまりの美味しさに追加注文。気を利《き》かせて俺の分も買ってきてくれたということだろう。

「違うの。本当に美味しくて、一人で食べようとしたわけじゃ――」

岩牡蠣を掲げて隠れるようにしながら一生懸命言い訳をする葵さん。

そんな姿すら可愛《かわい》らしくて仕方がないから困る。

「俺もレモンで食べてみたいと思ったんだ」

「ほ、本当？　それならよかった」

そんなわけで、二人一緒にレモンを搾って準備万端。

殻を口元に運ぶと食べる前から爽やかな香りが鼻をくすぐる。

絶対に美味しいという確信を持って口に運んで嚙んだ瞬間、先ほども感じた磯の香にレモンの清涼感がプラスされた、まさに圧倒的な爽やかさが口の中に広がっていく。

人はこういう時に想像以上という言葉を使うんだろう。

「うん……うん、うん！」

二人で顔を見合わせながら何度も頷《うなず》き合う俺たち。

食べているせいもあるが、あまりの美味しさに言葉が出てこない。

醤油もよかったけどレモンもいい、さらに言えばなんでポン酢がないんだろう。

ゆっくりと噛みしめるように味わってから顔を上げると、葵さんは口元を手で押さえながら満面の笑みを浮かべ、今にも昇天してしまいそうなほど天を仰いでいた。

女の子が美味しそうに食べている姿って魅力的だよな。

「よし。買おう」

「うん。たくさん買おう」

相談する必要もなくお買い上げが決定。

とりあえず人数分で五つ買おうと思ったんだが、ちょっと待て。

生で食べても感動するほど美味しかったんだから、殻ごと焼いて食べても絶対に美味しいに違いない。そう考えると、みんなが一人一個で満足するとは思えない。

「すいません。十個ください」

少なくとも生牡蠣と焼き牡蠣、一人二つは食べると思い倍の数を頼む。

すると気前のいい店員さんが二つおまけをしてくれた。

「今夜は岩牡蠣パーティーだな」

「今から楽しみだね」

俺たちは店員さんにお礼を言い、店先から鮮魚店の中に入っていく。

あちこちから店員さんの活気のある声が響く中、足元には魚を載せたケースが足の踏み場に困るほどずらりと並び、中には生け簀の中で生きたまま展示されている魚の姿も。

今が旬の鯛《たい》に鱸《すずき》に鮃《ひらめ》。他にも伊勢海老やアワビなど品揃えも豊富。

もう見ているだけでワクワクがとまらない。

「葵さん、気になった魚いる？」

「全部気になる」

葵さんは迷わず即答。

俺も同感だけど全部買うわけにもいかないから悩ましい。

「お店はここだけじゃないし一通り見て回ってから決めよう」

「そうだね。他のお店にもいいお魚がいるかもしれないもんね」

まだ二店舗目なのに両手いっぱいの荷物を持つ俺。

その後も今夜のおかずになりそうな魚を探して回った。

＊

そんなこんなで市場を楽しむこと一時間半後――。

二人揃って両手いっぱいの魚介類を購入した俺たちは、配送できるものは手続きを済ませ、今日持ち帰るものはコインロッカーに預けてから海鮮丼屋の前に集まっていた。

お昼時ということもあり、どこの飲食店も長蛇の列ができている。

「二人ともずいぶん身軽だね」

合流するなり瑛士が意外そうに尋ねてきた。

俺たちのことだから大量に買い込んでいると思ったんだろう。

「逆だよ。買い込みすぎたからコインロッカーに預けてきたんだ」

「その手があったか！」

盲点だったと言わんばかりに声を上げた泉は両手がいっぱい。

日和も買い出し帰りかと思うほどたくさんの荷物を持っていた。

「俺たちもずいぶん買ったけど、みんなも相当買い込んだな」

「いやー。色々目移りしちゃって選びきれなくてねぇ」

苦笑いを浮かべる泉の隣で日和が頷く。

「お母さんたちのお土産を選んでたらこんなになった」

「お土産は荷物になるから後で配送してもらおう」

「うん。そうする」

話しながら日和の荷物を一つ受け取る。

「さあ、席が空いたみたいだよ」

少しすると店員さんに案内され広めのボックス席へ通される。

さっそくメニューを開いてみると、写真付きで様々な海鮮丼が載っていた。

まぐろ丼にサーモン丼にいくら丼、それらを併せたミックス丼の他、十種類の魚介類を盛り合わせた十色丼に数種類のお刺身を炙《あぶ》った炙り丼。さらにウニやホタテの貝類全載せ丼。

メニューが多すぎてあげたらきりがないが、どれも美味しそうで目移りする。

あおさのお味噌汁は頼むとして……ヤバい、これは悩ましい。

「どれも美味しそうで選べないね」

「全部食べちゃおっか！」

悩ましそうな表情を浮かべる葵さんと、いつものように暴食宣言をする泉。

どれだけ泉の胃袋がブラックホールだとしてもさすがに今回は無理だと思う。

さらに言えば、この混み具合で長時間居座るのは迷惑すぎるし、こんなところで食い倒れられたらグランピング施設まで運ぶのが大変すぎるから我慢して欲しい。

「葵さんはどれにする？」

「そうだな……まぐろといくらのミックス丼。でも十色丼も気になる」

「じゃあ俺が十色丼にするから食べたいお刺身があればあげるよ」

「本当？　じゃあ二人で少しずつシェアしよ」

色々食べたいから葵さんのお言葉に甘えることにすると。

「私は炙り丼にする。二人が食べたいならシェアしてあげてもいい」

そんな俺たちを見て、日和が少し拗ねた感じで割って入ってきた。

葵さんに懐いている日和としては仲間に入れて欲しいんだろう。

「もちろん。日和ちゃんもシェアしてくれると嬉しいな」

「うん。じゃあ三人でシェアする」

葵さんも日和との接し方に慣れた様子で受け入れてくれる。

日和は基本的になんでも一人でやれるし、家族にすら甘えることは少ない。

だから甘え下手で不器用だけど、それでも葵さんに甘えようとしている姿を見ると兄として安心するというか、日和にも手放しで心許せる相手ができたことを嬉しく思う。

葵さんにはこれからも日和と仲良くしてやって欲しい。

「瑛士君、私たちもシェアしよう！」

こうしてみんな頼むメニューが決定。

「取り分け用に小皿も一緒にお願いしよう」

「すみませーん♪」

店員さんに声を掛けて注文を済ませる。

わくわくしながら待つこと十五分――。

「「「「おお〜！」」」」

テーブルにずらりと並べられた海鮮丼、圧巻のあまり全員揃って声が漏れた。

白米が全く見えないほど敷き詰められた魚介類。鮮やかな色合いで、素人目にも鮮度抜群なのが見てわかる。さすが市場に店を構えるだけのことはある、なんて言ったら失礼か。

見た目にも美しく、みんな示し合わせたようにスマホを取り出して写真に収める。

映えとかよくわからないが、これは写真を撮らずにはいられない。

「よし。食べよう」

食前の撮影会は無事終了。

全員がスマホをしまうのを確認してから手を合わせ。

「「「「いただきます！」」」」

まずはシェアする前に各々が注文した海鮮丼を味わおうと箸を手に取る。

醤油を小皿に垂らしてわさびを溶かし、掛けすぎないように気を付けながらさっと回す。わさびを直接お刺身に載せるか、それとも醤油に溶かすかは好みがわかれるところ。

十種類のお刺身の中から鯛のお刺身と一緒にご飯を口に運んだ瞬間、頬がほころぶ。

旬の季節には少し早いが脂が乗っていて上品な甘みが口内に広がった。

「葵さんのはどう？」

葵さんはいつものように口元を手で押さえながら頷く。

その瞳の輝きが言葉にできないくらい大満足だと訴えていた。

今日は葵さんの美味しそうな顔しか見ていない。

「食感がすごくてね、いくらが口の中で弾《はじ》けるの。晃君も食べてみて」

「ありがとう。じゃあ葵さんも好きなお刺身を取っていいよ」

「私も食べる」

三人で小皿に取り分け、さっそくいくらを食べてみる。

「んんっ――!?」

噛んだ瞬間、想像していた以上の弾力に思わず変な声が漏れてしまった。

グミでも食べたんじゃないかと勘違いするほどの弾力の後、口の中で一気に弾ける。

弾けるというよりも爆発という方が正しいくらいの食感と、イクラの汁が口の中で広がりご飯と混ざり合うことで味が完成するこの感じ。まさに丼物の究極系と言っていい。

なんかもう無限に食べられるだろこれは。

あまりの美味しさに満足しつつ、一度お茶で口直し。

口の中をリセットしてから日和にもらった鰹の炙りを食べてみる。

「美味すぎる……さっぱりしてて夏には最高だろ」

炙りの刺身の上に置いてあった薬味の生姜《しょうが》がアクセントになっていて、甘みのある鯛と味のしっかりしたイクラを食べた後だからか、余計に鰹と生姜の爽やかな味が染みる。

鰹も買って帰ってたたきにして食べようか。

「みんな、味はどう……ん？」

感想を聞こうと顔を上げると、みんな無言で口にかき込んでいた。

人は本当に美味しいものを食べると黙ってしまうっていうのは本当らしい。


昼食後、俺たちは二時間ほど市場を散策してから帰路に就いた。

帰りは荷物がいっぱいのためタクシーを捕まえてグランピング施設まで直行。

到着し、食材を冷蔵庫にしまってから時間を確認すると十五時を少し過ぎていた。

「この後はどうする？　なにか予定あるのか？」

「もちろん日が暮れるまで海で遊ぶに決まってるよね！」

「今から？　海で遊ぶにしては中途半端《ちゅうとはんぱ》な時間だけど……」

そんな俺を無視して昨夜に洗濯しておいた水着を手に取る女子たち。

「中途半端な時間だっていいの。夏だから日が落ちるまで時間はあるし、せっかく来たのに海で遊ぶのが初日だけなんてもったいないでしょ？」

「まぁ確かに、それはそうだな」

すると泉は含みのある笑みを浮かべながら俺に近づき。

『それに晃君だって、葵さんの水着姿を拝み足りないんじゃない？』

『――⁉』

手で口元を隠しながら俺に耳打ちしてきた。

『私から晃君へ、ひと夏の思い出をプレゼントってことでお礼を期待してるぞ♪』

『……今日の夕食、俺の分のおかず一つ食べていいぞ』

『ごちそうさま♪』

こうして俺は内心テンション爆上がりで準備を済ませる。

昨日は写真を撮り忘れたから、今日はたくさん写真に収めることにしよう。

＊

「いいお湯だったな……」

その後、俺たちは日が落ちた頃にグランピング施設に戻ってきた。

昨日と同じように水着にパーカー姿で夕食の準備を始め、市場で購入した岩牡蠣やお魚を中心とした海鮮バーベキューを満喫。やはり焼いた岩牡蠣のポン酢かけは美味かった。

夕食を終えると、俺は瑛士と予約しておいた貸し切り温泉施設へ。

久しぶりの温泉だからゆっくりしたいところだったが、夏の暑さのせいもあって長湯する気にはなれず、瑛士には悪いが一足先に上がらせてもらって今に至る。

「とはいえ、お湯につかると汗が引かないな……」

日が落ちて気温が下がったとはいえ夏真っただ中。

入浴を済ませた後も身体から汗が引かずにタオルが手放せない。

冷蔵庫からお茶を取り出し、ウッドデッキで涼みながら喉《のど》を潤す。

「お風呂《ふろ》、早かったね」

すると葵さんも飲み物を手にやってきた。

「あまり長湯する気分じゃなくてさ」

「日が落ちても暑いもんね。のぼせちゃった？」

「いや。でも、だいぶ身体は火照《ほて》ってる感じ」

「じゃあ少しお散歩でもして涼まない？」

「お散歩か……いいね。行こうか」

葵さんの誘いを受け、椅子《いす》から立ち上がってウッドデッキを後にする。

穏やかな夜風が頰を撫でる中、他愛もない会話に花を咲かせながら浜辺を散策。

昼間の透き通る青色とは対照的な深い暗闇《くらやみ》に包まれる空と海。昼間の喧騒が嘘《うそ》だったように波のＢＧＭだけが響く中、月の明かりが海面を幻想的に照らしていた。

涼しい夜風を浴び、ようやく汗が引いてきた頃。

「明日には帰らなくちゃいけないんだよね」

葵さんが名残惜しそうにぽつりと漏らした。

「なんだか少しだけ寂《さび》しいな」

「みんなで出かけるのも久しぶりだったからな」

「うん……」

葵さんはふと足をとめ、海を見つめながら風になびく髪を手で押さえる。

「晃君、楽しかった？」

「ああ。楽しかったし……なにより嬉しかった」

「嬉しかった？」

それは喫茶店で再会した時にも思ったこと。

「瑛士や泉が以前と変わらず接してくれたことが嬉しかったんだ」

そして、みんなで二日間一緒に過ごした今だからこそ改めて思うこと。

「前にも話したことがあると思うんだけど、俺は今まで人との関係を諦《あきら》めてたんだ。転校する度に希薄になっていく人間関係に、いつしか希望すら持たなくなっていた。だけど瑛士や泉、クラスのみんなのおかげで……ようやく諦めなくていいんだって思えた」

「うん……そう言ってたよね」

やや唐突ともいえる自分語り。

それでも葵さんは耳を傾けてくれる。

「でも頭では信じていても、本当に変わらない関係なんてあるのかなって不安を感じていたのも事実なんだ。再会したら、また前みたいに変わってしまっているんじゃないかって……瑛士や泉と再会するまで、そういう怖さがゼロじゃなかったと言えば嘘になる」

「うん……」

「でも、なにも変わってなかった」

言葉の通りなに一つ変わっていなかった。

「瑛士も泉も、まるで昨日も一緒にいたんじゃないかと思うくらい普通に接してくれて、ようやく変わらない関係があるって実感できた。正直、喜びよりも驚きの方が大きかった」

やっと自分の帰るべき場所を見つけられたような気すらした。

何ヶ月、何年、何十年経っても変わらないものがあると初めて思えた。

「でも、驚いたのは変わらない関係だけじゃない」

「それだけじゃない？」

葵さんは首を傾げながら俺の言葉を待つ。

伝えるなら、今だと思った。

「葵さんの変化にも同じくらい驚いたんだ」

「私の――？」

葵さんは少し驚いた表情を浮かべた。

俺は誤解を与えないように言葉を選びながら続ける。

「たった四ヶ月で料理ができるようになっていたことも、率先して地元の人たちのお手伝いをしていることもそう。この旅行中も、葵さんの変わった姿をいくつも目にしてきた」

ナンパをされた時の毅然とした態度や、自分の想いをはっきり言葉にするところ。

以前の葵さんは受け身でいることが多く、それは決して悪いことではなく葵さんらしさでもあるけれど、そんな葵さんらしさにほんの少しの積極性が加わったような変化。

いや……正しくは変化ではなく成長という言葉が相応《ふさわ》しい。

葵さんの成長に驚きを感じずにはいられなかった。

それは俺だけではなく瑛士たちも同じはず。

「そっか……晃君から見て少しでも成長できてたなら嬉しいな」

葵さんは照れくさそうにはにかんで見せた。

「でもね、もし私が成長できたのなら、それは晃君のおかげだよ」

「俺のおかげ？」

葵さんは小さく、でもしっかりと頷いた。

「あの日、晃君と交わした約束のおかげ」

あの日、俺たちが交わした約束——。

それがなにかなんて言葉にするまでもない。

──離れ離れになるのは寂しいけれど、自分の想いを見つめ直すいい機会にしよう。

──お互いに新しい環境で頑張って、今より少しだけ自立して、成長して再会しよう。

──いつか再会した時、お互いを大切に思えていたら、きっとその想いは本物だと思う。


恋心と依存と庇護欲と、自分の気持ちがわからなくなっていた俺たち。

お互いに好きだと想いを伝え合いながらも、今のまま付き合うことはできない。別れをきっかけに自分の気持ちと向き合い、いつか成長して再会しようと交わした約束。

「でも今にして思うと、晃君との約束はきっかけにすぎなかったと思うの」

葵さんは自分の想いを確認するように胸に手を当てて続ける。

「最初は晃君に成長した姿を見て欲しいと思って、色々なことを始めたの。慣れないことにもチャレンジして無理をしたりもしたんだ。でもね、いつしか晃君に成長した自分を見て欲しいと思う気持ちと同じくらい、自分自身のために変わりたいと思うようになったの」

「自分自身のために？」

「うん。なんて言えばいいかな……」

葵さんはゆっくりと、丁寧に言葉を選びながら続ける。

「きっかけは晃君との約束だった。でも色々考えて思ったの──誰《だれ》かのために変わりたいと思うことはきっと素敵なことだけど、それが自立かといえば少し違うような気がして」

気がして――。

どこかはっきりしない表現に聞こえるかもしれない。

でもその口調ははっきりと、かつ確信に溢れていた。

「誰かのために変わりたいと思うのと同じくらい、自分自身のために変わらないといけないと思った。少なくとも誰かを理由にしているうちは自立したなんて言えないし、晃君や周りの人への依存心もなくすことはできないと思ったの」

それが葵さんなりに見つけた自立の答え。

誰かのための努力は上手《うま》くいかなかった時、その責任を相手に求めてしまうことも多く、言い訳の理由にしてしまうことも多い中、葵さんは努力の理由を自分の中に見つけた。

誰もが『人はそう簡単には変われない。変わることは難しい』と口にする。

それは瑛士ですら同じように思っていることで紛れもない事実だ。

だからこそ、葵さんの努力のほどが容易に窺えた。

「晃君がきっかけをくれて、私なりに自立できるように、小さな一歩だけど繰り返して今日まで過ごしてきた。だから晃君に変わったねって感じてもらえるなら、すごく嬉しい」

この二日間で見たどの夏空よりも晴れやかな笑顔を見て思う。

もう葵さんの心に俺はもちろん他者への依存心はないんだろうと。

そして葵さんが自立をした今、極端な話をすれば俺がいなくなっても問題ない。

そう思える安心感が、俺の中に残っていたわずかな庇護欲を完全に消し去ってくれたような気がした。

だからこそ、思ったんだ。


――もう俺たちの関係に答えを出してもいいんじゃないかって。


そう思った瞬間、抑えていた恋愛感情が一気に溢れてくる。

幼稚園の頃、葵さんと出会い初めて恋をした時に覚えた幼い想い。

そして文化祭の夜、屋上で同じ女の子に二度目の恋をした時の想い。

「葵さん――」

込み上げる想いが言葉になって溢れそうになった時だった。

「二人とも～！　アイス買ってきたよ～♪」

道路から泉が両手を振って俺たちを呼んでいる。

その声に失いかけていた冷静さを取り戻した。

「戻ろうか」

正直、今だけは心から泉に感謝したい。

危うく考えなしに伝えてしまうところだった。

「うん」

こうして俺たちは散歩を終えてグランピング施設へ戻る。

その後、泉と日和が近くのコンビニで買ってきてくれたアイスを食べながら歓談を楽しむ中、俺は改めて自分の気持ちと向き合っていた。

第七話　海と水着とグランピング・三日目

最終日の朝、俺《おれ》たちは朝食を済ませると早々に帰る準備をしていた。

日和《ひより》がこっちに滞在するのは今日までで、旅行の終わりと共に家に帰る。帰宅に掛かる時間を考えるとお昼には出発しないといけないため今日の予定は午前中のみ。

そのため、少しでも早くグランピング施設を出発したい。

ちなみにどこへ行くかというと近くにある水族館。

グランピング施設から歩いて四十分ほど——海水浴場と海鮮市場の中間にあり、関東でも最大規模の水族館は週末になると県内外からたくさんの観光客が集まる人気スポット。

中でも一番の目玉は一万匹を超えるミズクラゲが漂う巨大な水槽。

いわゆる映える写真が撮れると若い女性にも人気だとネットに書いてあった。

「受付の人にタクシーを呼んでもらおうか」

「あまり時間に余裕もないからそうした方がいいな」

チェックアウトの手続きついでにタクシーを呼んでもらうとすぐに到着。

さっそくタクシーに乗り込み、歩けば四十分の距離も車ならものの数分だった。

「おー！　なんか水族館ぽくないね！」

タクシーを降りると泉《いずみ》が開口一番ぶっちゃけたことを口にした。

でも泉はふざけて言っているわけではなく、初見の感想としては妥当だと思う。

というのも、外観は水族館というよりも小型のショッピングモールを彷彿《ほうふつ》とさせる洒落たデザインで駐車場も広く、知らなかったらどう見ても地方のちょっとした複合商業施設。

外壁に大きなサメのロゴが描かれていなかったら、知っていても『本当にここが水族館だよな？』と疑う人がいても不思議ではない。

「さぁ、時間も限られてるし早く行こっか♪」

泉が瑛士《えいじ》を連れて受付に向かい、俺たちもその後に続く。

受け付けを済ませて入場券とパンフレットを受け取り入場ゲートへ向かう途中。

「日和――」

泉の後に付いて行こうとする日和に声を掛けた。

「どうかした？」

「今日は俺と葵《あおい》さんと一緒に三人で見て回らないか？」

すると日和はいつものように無表情ながら驚いた様子を見せる。

こういう時、いつも瑛士と泉は俺と葵さんに気を使って二人きりにしてくれる。

そのために日和の面倒を見てくれたことも一度や二度ではない。だからというわけじゃないが、たまには俺たちのことは気にせずに二人にも恋人らしく過ごして欲しい。

それ以上に、日和にも葵さんと一緒に過ごして欲しかった。

思えば旅行中、日和が葵さんと二人で行動することはほぼなかったはず。

葵さんに懐いている日和としては、もっと葵さんと遊びたかっただろう。そんな気持ちを我慢して、瑛士たちのように俺と葵さんのためと気を使ってくれていたに違いない。

だから最終日くらい、日和にも葵さんとの思い出を作って欲しかった。

もちろん葵さんには昨日のうちに相談してある。

「……いいの？」

日和は俺をじっと見つめながら目で『邪魔じゃない？』と訴える。

長年一緒に過ごした兄妹だからできるアイコンタクトでの意思疎通。

「ああ。もちろん」

俺も『そんなことないから安心しろ』と伝える。

「葵さんもいいの？」

「うん。一緒に見て回ろ？」

すると日和は葵さんの傍にてけてけと駆け寄って手を繋《つな》ぐ。

優しく日和の手を握り返す葵さんを横目に、俺は瑛士に目で合図を送る。

瑛士は軽く頷《うなず》いてみせると、泉と一緒に水族館の奥へと進んで行った。

それから俺たちは三人で水族館を順番に見て回る。

パンフレットによると水族館は全部で七つのエリアに分かれていて、地元の海に生息するお魚を集めたエリアや、世界中のサメを集めたエリア。他にも海の生き物と触れ合えるエリアやイルカやアザラシのショーが見られるエリアなどバラエティーに富んでいる。

期待に胸を膨らませながら案内板の道順に従って進んで行く俺たち。


最初にやってきたのは地元の海に生息するお魚たちのエリアだった。

日本近海に生息するお魚たちだけあって見覚えのあるお魚たちが多く、日和と葵さんは瞳《ひとみ》を輝かせながら名前を当てるゲームのようにお魚の名前を連呼し合っている。

微笑ましい姿を眺めながら、俺も水槽の中を覗《のぞ》いたんだが……。

「あ……」

「晃《あきら》君、どうかした?」

「なんだか複雑そうな顔してる」

とある生き物を見て微妙な気分になっていた俺。

そんな俺の様子に気づいた二人が不思議そうに尋ねてきた。

「いや、水族館でこういうことを考えるのは不謹慎だとは思うんだけどさ……」

二人は俺の視線の先に目を向ける。

「あ……」

すると葵さんが言葉の意図を察して声を上げた。

それもそのはず、そこにいたのは立派な伊勢海老。

そりゃ地元の海に生息するお魚エリアなんだからいない方が不自然なんだが、一昨日食べたばかりだから、あえて言葉は濁すけどどうしたって複雑な気分になってしまう。

しかも俺たちが食べた伊勢海老より一回りも二回りも大きい。

「……美味《おい》しそう」

すると葵さんが決定的なことを呟いてしまった。

自分で言って驚いたのか、葵さんはハッとした表情を浮かべる。

「ち、違うの！　美味しそうだけど食べたいって意味じゃなくて！」

「いや、大丈夫。ちゃんとわかってるから落ち着いて」

海に暮らす生き物たちの神秘さよりも食欲が勝る罪悪感に取り乱す葵さん。

その隣で日和は『バター焼き……』と呟きながら遠慮なく煩悩を垂れ流す。

「だって、すごく美味しかったんだもん……」

「………」

しゅんとしながら『だもん』とか可愛《かわい》いすぎる……！

葵さんのことを好きだと自覚して以来、仕草の一つ一つにときめいてしまうのは恋心補正が働いているからなんだろうけど、それにしてもいちいち可愛すぎるから困る。

葵さんには申し訳ないけどバレないように心の中で悶《もだ》える。

「ここにいてもアレだから次の水槽を見に行こう」

「そ、そうだね」

早めに伊勢海老のことは忘れてもらった方がいい。

気を取り直すべく、そう提案したんだが……。

「「…………」」

移動した先の水槽を前に絶句する俺たち。

なんと、そこには底に沈むサザエの群れ。

「サザエのつぼ焼き……ああっ！」

葵さんはそう言いかけて頭を抱える。

ダメだ、もう葵さんの頭の中は食べ物でいっぱい。

もう少しゆっくり見たいところだが早めに次のエリアに移った方がいい。

俺は日和と一緒に葵さんの背中を押して早々に次のエリアに移動する。

すると通路を抜けた瞬間、一転して薄暗い空間に足を踏み入れた。

「ここはなんのエリアだ？」

天井《てんじょう》に照明はなく、足元を照らすわずかな灯りのみ。

だがあちこちにある水槽が中からライトアップされていて充分明るい。

遠目にはなにが展示されているかわからないが、青に紫に黄緑など鮮やかなライトの明かりと共に暗闇《くらやみ》に浮かぶ水槽は、館内に流れる穏やかなＢＧＭと相まって幻想的で美しい。

三人で近くの水槽に近づくと、すぐになんの水槽かわかった。

「……クラゲ？」

そう、水中に浮いていたのは無数のクラゲだった。

ライトアップされた水槽の中を、まるでスローモーションのようにクラゲがゆっくりと上下に漂っている。ここだけ時間がゆっくり流れているかのような錯覚を覚えた。

すると葵さんは子供のように瞳を輝かせながら水槽に駆け寄る。

「綺麗《きれい》だね……」

「ああ」

「私、クラゲ好きなの」

「そうなの？」

葵さんがクラゲを好きとか少し意外。

「見てると落ち着くっていうか、癒《い》やされるっていうか……肩の力を抜いてぼーっと見てるだけで気持ちが穏やかになるような気がするの。何時間でもこうして見ていられる」

確かにこのゆるい感じの生き物は癒やし効果がありそうな気がする。

「私もクラゲ好き」

「日和も？」

あ、でも日和が好きなのはなんとなくイメージが湧《わ》くな。

「葵さんが言ったようにクラゲには癒やし効果があって、見る人の緊張をほぐしてストレスを解消、リラックスさせてくれる。あまり知られていないけど科学的にも証明されてる」

マジか……ストレスにまみれた現代社会の救世主じゃないか。

でも確かに、そう教えてもらい改めて水槽を眺めてみるとわかる気がする。

照明を極力排除した薄暗い空間も、水槽のライトアップに使われているライトの色も、流れている穏やかなＢＧＭも、全《すべ》てはその効果を高めるためのものに思えてくる。

事実こうして眺めているだけで先ほどより気分が落ち着いていた。

「他にも色々なクラゲがいるみたいだな。あっちも見てみよう」

「うん」

俺たちはクラゲを眺めたり写真に撮ったりしながら先へ進む。

すると次の瞬間、不意に目の前の空間が開けた。

「すごい……」

「クラゲがいっぱい」

葵さんと日和はもちろん、俺も驚きに足をとめる。

目の前に広がっていたのはクラゲの入った巨大すぎる水槽だった。

どうやらこれがネットで見かけた一万匹を超えるミズクラゲの水槽だろう。

目の前に広がる水槽の高さはゆうに二メートルを超え、幅も五メートル以上はある。やや見上げるようにしないと見渡せないほどの水槽の中には無数のミズクラゲが漂っていた。

「さすがに圧巻の光景だな……」

葵さんと日和は水槽ギリギリまで近づく。

その笑顔はどこか儚く美しく、俺は思わずスマホを手にして写真に収めた。

隠し撮りみたいで少し気が引けるが、あとで葵さんにもシェアするから許して欲しい。

幻想的な光景の中、二人は楽しそうにしばらくクラゲを見つめていた。


俺たちはクラゲエリアを堪能した後、順番に各エリアを見て回った。

時間に限りがあるためあまりゆっくりはできなかったが、充分に楽しい時間を過ごせたと思う。その証拠に葵さんも日和も満足そうな笑みを浮かべていた。

開演時間の都合でイルカのショーが見られなかったのは心残りだが、これが最初で最後というわけでもない。またの機会を楽しみにしておこう。

全てのエリアを見終えた俺たちは出口の先にあるお土産売り場へ移動。

知らぬ間に瑛士と泉を追い抜いていたらしく、二人が来るまで店内を見て回る。

色々な魚のぬいぐるみやキーホルダー。他にもたくさんのお土産が店内のいたるところを埋め尽くし、そんな店内に大勢のお客さんが詰めかけてすれ違うのも一苦労だ。

「せっかくだし、なにか買って帰ろうか」

「そうだね。なにか思い出に残るようなものがあるといいけど」

葵さんと一緒に色々見て回っていると。

「晃、葵さん」

不意に俺たちを呼ぶ声が聞こえて顔を上げる。

すると少し離れた場所で日和が手招きしていた。

なにか面白《おもしろ》い物でも見つけたんだろうかと思いながら歩み寄ると、日和は目の前に飾られているキーホルダーをじっと見つめていた。

「欲しいのがあるなら買ってやろうか?」

すると日和はキーホルダーを手に取って俺たちに差し出した。

「これ可愛いね!」

すぐに葵さんが反応する。

それもそのはず、日和が手にしていたのはミズクラゲのキーホルダーだった。

デフォルメされたイラスト調のクラゲが可愛らしい、手のひらに収まるサイズのアクリル製のキーホルダーで、小物入れやパスケースなんかに付けてもよさそうなデザイン。

なるほど、これが欲しいのか。

「わかった。買ってきてやるから待ってな」

日和の手からキーホルダーを取ろうと手を伸ばす。

するとなぜか、俺の手から遠ざけるように手を引いた。

「いらないのか？」

日和は無言のまま首を横に振って意思表示。

どういうことか疑問に思っていると。

「お、お揃《そろ》いにしたい……」

「『お揃いに？』」

「三人で見て回った思い出に……」

その顔は変わらず無表情のままだが、ほのかに頬《ほお》を赤く染めていた。

「わかった。みんなでお揃いにしよう」

「うん。私もお揃いにしたい」

俺も葵さんも即決だった。

普段から自分の気持ちを言葉にすることが少ない日和が想《おも》いを言葉にした。

それだけで迷う余地なんてあるはずもない。

キーホルダーを手に会計待ちの列に並んで支払いを済ませると、さっそく日和はお出かけの際に使っているお気に入りのバッグに付け、とても満足そうな表情で眺めていた。

そうしているうちに少し遅れてやってきた瑛士と泉と合流。

みんなでお土産を買ってから水族館を後にした。

＊

こうして楽しかった二泊三日のグランピング旅行は終了。

来た時と同じように電車を乗り継ぎ、かつて住んでいた街まで帰ってきた俺たち。

一足早く家に帰る日和をみんなで見送った後、瑛士と泉に別れを告げて電車に乗り込む。

次に瑛士と泉に会えるのはいつになるかわからないが、なにも不安になることはない。再会できる日を楽しみにしながら帰路に就く。

電車に乗ると、葵さんは遊び疲れたのか俺に寄り掛かりながら眠りについた。

そんな葵さんの寝顔を傍で見つめながら思うこと――二泊三日のグランピング旅行があっという間に終わってしまったように、俺が葵さんの傍にいられる時間も残りわずか。

「楽しい時間はあっという間か……」

思わず零《こぼ》してしまうほどに言葉の意味を実感。
気づけば別れは刻一刻と、すぐそこまで近づいている。
――だからこそ、俺は残された時間でなにをするべきだろうか？
……いや、なにをするべきかなんて今さらだ。
自分がどうしたいかなんてすでに決まっている。
隠すつもりも濁すつもりもなく、今はただ葵さんへ想いを伝えたい。
夏休みが終わる前に、俺は葵さんへ告白することを決意したのだった。

第八話 告白は夏祭りの夜に

二泊三日の旅行を終えてから一週間が経《た》ったある日の午後――。

俺《おれ》と葵《あおい》さんは、いよいよ明後日に迫ったお祭りの準備に追われていた。

お盆期間中は町内会の人たちは家のことがあって作業が滞っていたこともあり、明けてからみんな総出でラストスパート。俺と葵さんも連日集会所に足を運んで準備を手伝う。

今日はお祭り会場の神社の敷地内にやぐらを設置したり、提灯や電飾を飾り付けたり、参道沿いにはお店を出す人たちが設営をしたりなど、準備は最終段階まで進んでいた。

明日は最終チェックを残すだけにして今日中に全《すべ》ての作業を終わらせる予定。

その後もみんなで作業を続け、辺りがすっかり暗くなった頃。

提灯や電飾に明かりが灯ると同時、君島《きみしま》さんの声が響いた。

「みんな長い間お疲れさまでした。以上で作業は終了です」

その場にいた人たちから拍手が湧《わ》き起こる。

みんなお互いに労《ねぎら》いの言葉を掛け合っていた。

「お疲れさま」

「晃《あきら》君こそ、お疲れさま」

長かったお祭り準備も滞りなく終わったと思うと感慨深いものがある。

「葵ちゃん、晃君。二人ともお疲れさま」

するとも君島さんが俺たちのもとへやってきた。

「二人のおかげで無事に間に合ったよ。本当にありがとう」

俺たちは差し出された手を握り返す。

「特に晃君は、お客様なのに最後まで手伝ってくれて心から感謝してる」

「俺の方こそ普段できない貴重な経験をさせていただいて、ありがとうございました」

「今どき、晃君や葵ちゃんのような学生は少ない。葵ちゃん一人でも助かっているが君のような男の子がいてくれると、この村の将来も明るいんだが……実際のところどうだろう？」

君島さんは妙に言葉を濁す。

「なにがですか？」

「つまり……本当に婿にくるというのは？」

「な、なに冗談を言って――」

そこまで言いかけて咄嗟《とっさ》に言葉を飲み込んだ。

表情は笑顔で冗談を言っているように見えたが、瞳《ひとみ》の奥が笑っていなかったから。

その言葉の半分以上は本気だということは理解しているつもりだ。この村に限らず高齢化が進んだ田舎において、若者がいかに大切な財産であるかということも。

短い間ではあるが、この村の状況を見てきたんだから。

「この村にも若者がいないわけじゃない。だが、若者がみんな二人のように協力的とは限らない……それはもちろん我々年配者の責任でもあるが、なかなかどうして難しい問題だ」

いつだったか、この村のコンビニで見かけた高校生たちを思い出す。

確かに彼らがこの村の人たちと仲良くしている姿は想像に難しい。

よそ者の俺が口を出していい問題じゃないこともわかっている。

でも、だからこそ調子のいいことは言えないと思った。

「すみませんが、お約束はできません」

「そうか……」

君島さんは少しだけ残念そうに頷《うなず》く。

「でも、またこの村に来たいとは思っています」

「……その時はみんな、心から歓迎するよ」

だけど、そう言って笑顔を見せてくれた。

「明後日のお祭り、ぜひ二人で楽しんで欲しい」

「はい。目いっぱい楽しませてもらいます」

こうして俺たちは最後の準備を終え、みなさんに挨拶《あいさつ》をしてから神社を後にする。

告白の時は、もうすぐそこまで近づいていた。

＊

そして迎えたお祭り当日の夕方——。

「葵さん、準備はどう？」

辺りが夕日に染まり始めた頃、俺たちは家を出る準備をしていた。

「もう少し。待たせちゃってごめんね」

「慌てなくて大丈夫。居間で待ってるから」

「うん。ありがとう」

葵さんの部屋の前で声を掛け、居間に向かい座布団の上に腰を下ろす。

何度も深呼吸を繰り返してみるが、どうにも今朝《けさ》からずっと心が落ち着かない。

それもそのはず、俺は今日、葵さんに二度目の告白をしようとしているんだから。

「二度目……いや、実際どうなんだろ」

あの夜、ベッドの上で好きと伝えたのは告白に数えるべきだろうか？

好きと『言葉にすること』を告白の定義とするのなら確かに告白だが、あれはお互いの考えていることを言葉にしただけで、想《おも》いを伝えたというよりも事実確認のようなもの。

告白をしたという実感はほとんどなく、むしろ今の方が百倍緊張している。

うん……今日が人生における初告白ということにしておこう。

「そう決めたら決めたで余計に緊張するんだが――」

「なにを緊張してるの？」

「うおおぉう！」

不意に声を掛けられて驚きのあまり叫ぶ俺。

振り返ると、そこには浴衣姿の葵さんの姿があった。

「な、なんでもないよ」

まさか聞かれていたとは思わず必死に誤魔化《ごまか》す。

葵さんはさほど気にした様子もなく、くるりと一回転して見せた。

「そう？」

「ど、どうかな……？」

どうもなにも、あまりの美しさに感動して返事もできない。

葵さんが着ていたのは去年の夏祭りで着ていた青色の紫陽花《あじさい》柄の浴衣だった。

目の覚めるような青色に、色とりどりの紫陽花をあしらった一着。あの時と同じように、葵さんと出会った雨の夜――美しい花を咲かせていた紫陽花を思い出さずにはいられない。

それにしても去年見た時よりも綺麗《きれい》に見えるのはどうしてだろうか？

久しぶりに浴衣姿を見たからか、単純に葵さんに似合っているからか。

それとも告白前で緊張している俺の心境がそう感じさせるのか。

いずれにしても、俺の方が恥ずかしくなるほど美しい。

「やっぱりよく似合ってる。去年も着てた浴衣だよな？」

「新調しようか迷ったんだけど、この浴衣の柄が好きだからもう一度着たくて」

「俺も好きだよ。色合いも紫陽花柄も、葵さんらしくて素敵だと思う」

「本当？　そう言ってもらえると嬉《うれ》しいな」

葵さんは照れくさそうにはにかんで見せた。

「じゃあ、行こうか」

「うん」

準備を終えた俺たちは家を後にする。

繋《つな》いだ手は、いつも以上に熱を帯びているような気がした。

＊

お祭り会場の神社が建っているのは集落から近い丘のふもと。

お祭り会場に向かう途中、小さな子供連れの家族を見かけた。

若い世代の少ない過疎地といっても、子供や学生が全くいないわけではない。

友達と一緒に走っていく男の子の向かう先――お祭り会場の神社に着くと開始直後にも拘わらず大勢のお客さんたちで賑わっていて、思った以上に多くの小中学生の姿があった。

そんな光景を見てふと思う。

「このお祭りが、若い世代の人たちとご年配の方々を繋ぐ場になるといいな」

「そうだね。町内会の人たちは、そんな思いで準備を頑張っていたはずだから」

実際、難しい問題だとは思う。

歩み寄ったところで世代の壁が高いのも事実。

それでも交流を諦《あきら》めてしまったらなにも始まらない。

そう思うと、ご年配の方々が葵さんに期待する気持ちが理解できた。

「まずは神社でお参りしてこよう」

「うん。そうしよ」

参道沿いにずらりと並ぶ屋台の数々。

あちこちから漂ってくる美味《おい》しそうな匂《にお》いを我慢して本殿へ向かうと、すでに大勢の参拝客が順番に並んでいた。俺と葵さんもその後ろに続いて並ぶ。

本当、この村のどこにこれだけの人がいたんだろうと思うほどの賑わい。

すぐに順番が回ってきて、お賽銭《さいせん》を入れて手を合わせる。

順番を待つ間、お願いしようと考えていたことがある。

それは言葉にするまでもなく俺と葵さんの関係について。

でも……手を合わせた瞬間、頭に浮かんだのは全く別のことだった。


——どうかこの村のご年配の人たちと、若い人たちが歩み寄れますように。


地元の人間ではない俺がこんなことを祈るのは余計なお世話かもしれない。

事情を知らない奴《やつ》が安易な願いを口にしていると思う人もいるだろう。

それでも、みんなの努力を見て願わずにはいられなかった。

むしろそう願えたことで覚悟が決まる——葵さんへの告白、その結果や将来について。それは神様に頼むようなことではなく、自分自身で決着をつけるべきことなんだと。

決意を新たに瞳を開くと、葵さんが俺の顔を覗《のぞ》き込んでいた。

「ずいぶん長く手を合わせてたけど、なにをお願いしたの？」

「この村のご年配の人たちと若い人たちが歩み寄れますようにって」

すると葵さんは驚いた表情を浮かべる。

やがて嬉しそうに笑みを零した。

「私も同じことをお祈りしたの」

一人よりも二人、二人よりも三人。

神様が叶《かな》えてくれるかどうかはわからないが、同じ想いでいる人はきっと俺と葵さんだけじゃない。同じ想いを持っている人が多いほど努力が報われる可能性は高くなるはず。

「きっと叶うよ」

「そうだね」

心からそう願う。

「よし。お祭りを見て回ろうか」

「うん」

それから俺たちはお祭り会場を見て回った。

田舎の古い神社だけあって敷地は広く、出店の数はその辺のお祭りよりも多い。

かき氷やりんご飴、焼きそばにお好み焼きなど定番の食べ物から、射的に金魚すくいに水風船釣りなど子供が楽しめるものまで、古きよきお祭りといった感じの出店が軒を連ねる。

出店を制覇する勢いで次々に回り、食べて飲んで遊んで、疲れたら休んでまた遊ぶ。

あっという間に時間が経ち、気づけば花火大会開始の三十分前になっていた。

「そろそろ花火の始まる時間だな」

「見やすいところに移動した方がいいかも」

「その前に君島さんたちに挨拶しにいかない？」

「そうだね。そうしよ」

俺たちは花火中につまむ食べ物と飲み物を買い揃《そろ》え、運営事務所として設営された仮設テントへ向かう。そこには君島さんをはじめ、町内会のみなさんが集まっていた。

「お疲れさまです」

「おお。二人とも来てくれたのか」

君島さんを先頭にみなさんが快く出迎えてくれる。

みんなご機嫌のようで、中にはお酒を飲んでいる人もいた。

「ご挨拶だけでもと思って」

「わざわざありがとう」

邪魔をしちゃ悪いから挨拶だけして去ろうと思ったんだが、気のいいおばちゃんたちがそれを許してくれない。まるで孫でも相手にするかのようにあれこれ世間話に花が咲く。

ご年配の方々もお祭りでテンションが上がっているんだろう。

その圧に押される俺を見かねた葵さんが代わりに相手をしてくれてほっと一息。

「晃君たちはこの後、花火大会を見に行くんだろ？」

「はい。そのつもりです」

「場所はもう取ってあるのかい？」

「いえ。適当に探そうと思ってます」

そう答えると、君島さんは口角を上げる。

「それならいい場所を教えてあげよう。一部の人しか知らない絶景スポットがあるんだ」

「いいんですか？」

「お祭り準備を手伝ってくれたお礼だよ」

君島さんから場所を聞いた俺は、挨拶を済ませて葵さんと一緒に事務所を後にする。

みなさんと顔を合わせるのはこれが最後になるだろうなと思うと、少しだけ後ろ髪を引かれる思いだが、また来ると約束をしたんだから必要以上に悲しむのも違うだろう。

今は最後まで、みなさんが作り上げたお祭りを楽しみたい。

「晃君、場所どうしようか」

「実は君島さんから穴場を教えてもらったんだ」

「そうなの？」

俺は葵さんをつれて神社の本殿に向かう。

お祭りも終わりの時間が近づき、つまりそれは告白の時が迫っているということ。

時間の経過に比例するように緊張が増していたのは自覚していたが、いよいよその時が迫っていると思うと、緊張という言葉では収まらないほど複雑な感情が溢《あふ》れてくる。

心の中で何度も自分に落ち着けと言い聞かせながら歩いていた時だった。

「あれ？　葵か？」

不意に聞きなれない声が葵さんの名前を呼ぶ。

その瞬間、隣を歩いていた葵さんが足をとめた。

「葵さん――?」

その表情は明らかに困惑の色で溢れていた。

「やっぱり葵じゃん。なんだよ、来てたのか」

声の方に視線を向けると学生らしき数人の男たちの姿。

すると、その内の一人が葵さんに近づいてきて顔を覗き込んだ。

妙に馴れ馴れしい態度に、思わず嫌悪感を抱かずにはいられない。

「葵さん、この人は友達?」

葵さんは小さく首を横に振る。

「おいおい、引っ越してきてからずっと仲良くしてやってるのにそりゃないだろ。それともあれか、ようやく俺と付き合う気になったから友達じゃなくて彼女ですってことか?」

その一言に取り巻きたちが沸く。

「ち、違う!　晃君、違うの――」

葵さんの悲痛な声が辺りに響いた。

その声に辺りの人が何事かと視線を向けてくる。

男は気にせず、葵さんの肩を摑《つか》んで俺の傍から引き離した。

「こんな田舎の代わり映えのない地味な祭り、なんの面白味《おもしろみ》もないし暇つぶしにもなりゃしないと思いつつも来てみたが、葵と一緒に見て回れるなら多少はましか」

「なんの面白味もない、地味な祭り……？」

その一言に自分でも驚くほど冷静さを欠いた。

こいつが葵さんの身体に気安く触れたせいもあるんだろう。

「どこの誰《だれ》かは知らねぇが、葵は連れ――」

「――その手を離して今すぐ黙れ」

どこの誰か知らねぇのはこっちの台詞《せりふ》だ。

相手が言い切る前に馴れ馴れしく触れているその手を掴む。

よく見れば、相手は以前コンビニでたむろしていた高校生の中の一人だった。

ともすれば、この状況と今のやり取りで想像はつく――あの時、葵さんがコンビニの前を避けるようにして帰ろうと言ったのは、こいつと鉢合わせしたくなかったから。

葵さんはこいつに言い寄られていて、おそらく付き合って欲しいと迫られていて、そんなところを俺に見られたくないからお祭りに誘った時に一瞬その顔を曇らせた。

……いつから言い寄られ、いつから困っていたんだろうか。

きっと俺を心配させまいと、あえて黙っていたんだと思う。

葵さんが変わったといっても全てを自分で対処できるわけじゃない。いや、むしろ変わったからこそ俺や周りに相談せずに、こうなる前に自分で対処しようとしたんだろう。

気づいてあげられなかった自分の不甲斐《ふがい》なさに吐き気がする。

「いってぇな！　離せよ！」

相手は俺の手を振り払って距離を取る。

怒りに任せて手に力を込めすぎていたんだろう。

でも仕方ないだろ……こいつは葵さんにちょっかいを出すだけじゃなく、君島さんをはじめとする町内会の人たちが想いを込めて作り上げたこの祭りをバカにしたんだから。

「てめぇ……人の女にちょっかい出した上になにしやがる！」

「人の女……？」

込み上げる怒りを必死に抑える。

いや、もはや抑えようとすら思わなかった。

「嫌がる女の子を無理やり連れていこうとして、俺の女だと？」

その怒りは目の前の相手に対してか。

それとも気づけなかった自分自身に対してか。

「お祭りの準備をしていた人たちの想いも知らずに、面白味もない地味な祭りだと？」

「晃君……」

隣で心配そうに呟く葵さんの声が耳を抜けていく。

「おい。おまえら――」

男が声を掛けると取り巻きの男たちが俺と葵さんを取り囲んだ。

「おまえには関係ねぇだろ。痛い目を見たくなかったら邪魔するんじゃねぇよ」

「痛い目を見たくなかったら？　それはこっちの台詞だ……みんなのお祭りをバカにした上に俺の女に手を出しておいて、おまえらこそただで済むなんて思ってねぇだろうな！」

今すぐこいつらをお祭り会場から叩き出す。

そして二度と葵さんにちょっかいを出せないようにわからせる。

一握りの冷静さも残らず怒りに身を任せてしまいそうになった時だった。

「なにを騒いでいるんだ！」

辺りに響いた声に、その場にいた全員が動きをとめる。

俺たち以外にも周りで様子を窺《うかが》っていたお客さんたちも息を潜めた。

「……君島さん」

振り返ると君島さんと町内会の男性二人の姿があった。

おそらくお客さんの誰かが運営事務所に知らせに行ったんだろう。

「また君たちか……」

すると君島さんは相手の男の顔を見るなり嘆息して見せた。

その言葉と表情から察するに、この手のトラブルは初めてじゃないんだろう。

「君たちが我々年配者を快く思っていないのはわかっているし、その気持ちを理解できないわけじゃない。君たちにとっては大したお祭りではないかもしれないが、楽しんでくれている人もいる以上、水を差すようなことをされると困るということはわかって欲しい」

そんな言葉すら届くはずもない。

学生たちは居心地悪そうに視線を逸らす。

「詳しい話は事務所で聞こう」

すると君島さんは男たちを連れていく。

「君島さん、俺たちは――」

声を掛けると君島さんは足をとめて振り返った。

「もちろん二人にも話を聞きたい。だが一度に話を聞ける人数は限られるし、彼らと一緒ではない方がいいだろう。後日、改めて時間をもらうから今日はお祭りを楽しんで欲しい」

きっとそれは君島さんの優しさだと思った。

「ありがとうございます。葵さん、行こう」

「うん……」

俺は君島さんに頭を下げ、葵さんを連れてその場を後にする。

少しすると葵さんは歩きながら言葉を漏《も》らした。

「晃君、ごめんなさい……」

「葵さんが謝ることじゃないさ」

「ちゃんとお話しするから聞いて欲しいの」

その声は落ち着きを取り戻し、瞳は揺らぐことなく俺を見つめていた。

「……わかった。そこのベンチで座りながら話そうか」

近くのベンチに腰を掛けると、葵さんは彼らについて話し始める。

祖母の家に引っ越し、新しい生活が始まってから数週間後の学校帰り。

駅であの男に声を掛けられ、それ以来、見かける度に声を掛けられたり、ある時は駅で待ち伏せをされたり、一目惚れをしたから付き合って欲しいと執拗に迫られていたらしい。

葵さんは丁重にお断りをしたらしいが、あの手の奴らが簡単に諦めるはずもない。

大人たちも困っていると知り最近はなるべく距離を置いていたとのこと。

それは女子高生にとって、どれだけ恐ろしいことだろう。

「晃君にお祭りに誘われた時も、もし鉢合わせたらどうしようと思って」

「そっか……」

想像した通りの理由だった。

「だからね、あの人と付き合ってるとか好きとかじゃなくて――」

「大丈夫」

必死に訴える葵さんの手をそっと握る。

落ち着いてもらえるように穏やかに声を掛けた。

「大丈夫。ちゃんとわかってる」

「晃君……」

「葵さんは俺やおばあちゃんを心配させたくなくて、自分一人で解決しようとしていたんだよな。自立しようと頑張ってきた葵さんを知ってるから、その気持ちはよくわかるよ」

「うん……」

「でもさ、困った時は誰かを頼っていいと思う」

葵さんはじっと俺を見つめる。

「人の手を借りずに自分でなんでもできることを自立ということが多いんだろうけど、俺は違うと思う。自立するってことは、なにも誰かに頼っちゃいけないってことじゃない」

俺も葵さんにわかって欲しくて瞳を逸らさずに続ける。

「自分にできることと、できないこと——それを見極められるかどうか。できることは自分でして、できないことは誰かを頼って、その代わり誰かが困っていたら助けてあげる。もちろん考え方は人それぞれだし異論はあるだろうけど、少なくとも俺はそう思ってる」

「できることと、できないこと……」

葵さんは噛《か》みしめるように呟いた。

「もしおばあちゃんや周りの大人たち、泉《いずみ》や瑛士《えいじ》にも相談しにくいことだとしても、俺でよければいつでも相談に乗る。だからさ、一人で頑張りすぎなくていいんだよ」

遠く離れたところに住む俺にはできないこともあるかもしれない。

それでも気持ちを酌んであげることくらいはできると思う。

「うん……わかった」

すると葵さんは笑顔を取り戻して頷いた。

その表情がお祭り前より晴れやかなのは気のせいじゃない。

「これからは晃君に相談するようにするね」

「まぁ……偉そうなこと言っておいて俺が自立できてるかっていうと微妙だし、前はともかく今じゃ葵さんの方がしっかりしてるから、たいして力になれないかもしれないけど」

「ううん。そんなことない」

葵さんは小さく首を横に振る。

「晃君がお話を聞いてくれるだけで安心できる」

「そ、そっか……」

これは信頼と受け取っていいんだろうか。

少し照れくさいが、そうだと嬉しい。

「行こうか」

「うん」

俺は葵さんの手を引いて改めて本殿に向かう。

脇《わき》を抜けて裏側へ回ると、茂みの間に道があった。

「ここは……？」

「ここから丘を登っていくと開けた高台があるらしくて、この村で一番よく花火が見える場所なんだってさ。君島さんが言うには知ってる人は少ない秘密の場所らしい」

「君島さんには後でたくさんお礼言わないとだね」

本当にそう思う。

でも今は二人で花火を楽しむことがなによりのお礼になるんだろう。

俺は転ばないように葵さんの手を引き、スマホのライトで辺りを照らしながら進む。やや傾斜があり、下駄《げた》を履《は》いている葵さんには少しきつそうだからゆっくり登っていく。

しばらく登ると、不意に目の前に開けた空間が広がった。

「すごい……」

「確かにここからならよく見えるな」

丘の中腹から村全体が見渡せる最高のスポット。

すでに日は落ち、西の空にわずかにオレンジ色の光を残すばかり。

そうこうしている間に残光すらも消え、村全体は夜の静寂に包まれた。

俺たちは草むらに腰を下ろし、買ってきた飲み物を手に花火が始まるのを待つ。

するとふいに小さな光が地上から空へ昇って行き、次の瞬間――。

暗闇《くらやみ》に染まる空が閃光に包まれ、ワンテンポ遅れて大きな音が大気を震わせた。

それを合図に次々と打ち上げられる色とりどりの花火。その美しさもさることながら、距離が近いせいか迫りくるような迫力と、身体の奥まで響いてくるような音圧に圧倒される。

これほどまでに綺麗で、かつ迫力のある花火は今まで見たことがない。

「綺麗だね……」

「ああ……」

俺たちはその言葉を最後に、花火大会が終わるまで目を奪われ続ける。

買っておいた食べ物に手を付けるのも忘れて見惚《みと》れていたのだった。

花火大会が終わったのは三十分後――。

その後も俺たちは余韻に浸りながら丘に残り、少し冷めてしまった食べ物を口にしながら花火の感想を語り合い、気づけばお祭りの終了時間をずいぶん過ぎていた。

先ほどまで流れていた会場の音楽も知らぬ間に消えている。

「そろそろ帰ろうか」

「うん。そうだね」

立ち上がり、ごみを片付けてから高台を後にする。

スマホの明かりを頼りに来た道を引き返すが、下りは上りに比べて足元がおぼつかない。辺りが暗いこともあって慎重に下り、あと少しで下り終えるところまで来た時だった。

「あ――」

不意に葵さんが小さく声を上げた。

「どうかした？」

何事かと思いすぐに葵さんの足元を照らす。

すると葵さんの履いていた下駄の鼻緒が切れていた。

「鼻緒、切れちゃったみたい……」

「俺の肩に摑まって」

肩に摑まる葵さんを支えながら下駄を手にして確認する。

抜けただけなら直せるが、やはり千切れていて繋げようがない。

「どう？」

心配そうに尋ねてくる葵さん。

俺はしゃがんだまま葵さんに背を向けた。

「直せそうにないからおぶっていくよ」

「……うん。ありがとう」

背中に葵さんをおぶって歩き出し、神社を後にして帰路に就く。

田んぼ道を歩きながら、その背中に感じる温《ぬく》もりに懐かしさを感じた。

「去年のお祭りの時も、こうして晃君におんぶしてもらったね」

「ああ。俺も今、思い出してたとこ」

「あの時も晃君に助けてもらったんだよね」

見知らぬ男たちにナンパをされていた葵さんを助けて、花火の後に帰ろうとしたら下駄で走らせてしまったせいか鼻緒が切れてしまい、今と同じようにおんぶして帰ったんだよな。

少し違うけど、一年前と似たような状況に思わず笑みが零れた。

「懐かしいな……」

「ね……」

二人一緒に同じ思い出に想いを馳せる。

すると葵さんは俺の首に回している腕に力を込めた。

「晃君、一つ聞いてもいい？」

「ん？　どうかした？」

「その、さっきの……俺の女って……」

「え――!?」

今になってそこに触れてくるとは思わなかった。

そう思うと同時、ふいにデジャブを感じる。

今と全く同じやり取りを去年もした。

「あ、いや……ほら、彼氏がいるなら相手も諦めてくれると思って」

「そっか。そうだよね……」

そして返事も一字一句変わらず同じことを口にする。

でも……確かに言葉は同じでも、込めた想いはあまりにも違う。

相手を諦めさせるための嘘《うそ》ではなく、そこには確かに俺自身の想いがある。

「葵さん――」

俺は足をとめて心を落ち着かせる。

想いを伝えるなら、今しかないと思った。

「本当は違うんだ」

「違う？」

「あいつに諦めさせるために彼氏を名乗ったわけじゃない」

一度言葉にすると口から想いが溢れていく。

あれほど緊張していたのがまるで嘘のようだった。

緊張しつつも、俺はこの時を待ち望んでいたのかもしれない。

「あの夜、葵さんに好きだと言った時から俺の気持ちはなに一つ変わらない。だからさっきの言葉は、相手を諦めさせるための口実じゃなくて、俺の心からの本心なんだ」

「晃君……」

葵さんに伝えると同時、自分自身に言い聞かせる。

そう。間違っても嘘や冗談なんかじゃない。

「こうして会いに来たのだって、葵さんのことを心配していたからだけじゃない。それ以上に自分の想いを確認したかったから。確認して、伝えて、関係を先に進めたかったから」

葵さんは裸足《はだし》のまま俺の背中から降りて向かい合う。

俺は葵さんの手を取り真《ま》っ直《す》ぐに瞳を見つめる。

ただ溢れるままに言葉を紡《つむ》いだ。

「葵さんのことが好きだ。俺の彼女になって欲しい――」

まるで時がとまったかのように静寂に包まれる。

聞こえてくる虫の音も遥か遠くに感じた。

「……うん」

どれくらい時間が経ったんだろう。

本当は一瞬のはずなのに永遠とも感じるような静寂の後。

「私も晃君のことが好き」

囁《ささや》くように葵さんは言葉を紡いだ。

「ほ、本当？」

「うん。晃君の彼女になりたい」

とまっていた時間が動き出すように、葵さんの手の温もりが伝わってきた。

想いが通じ合った瞬間、夜の暗闇の中にいるはずなのに世界がカラフルに色づくような錯覚を覚える。後から溢れてきたのは、今まで感じたことのない幸せとも喜びとも違う感情。

あらゆるプラスの感情をごちゃ混ぜにしたような圧倒的な多幸感に包まれる。

そうか……これが好きな人と想いを通わせるということなのか。

「ありがとう……」

なんかもう感謝の言葉しか出てこない。

感動と緊張から解放されたせいか手が震える。

「改めて、よろしくお願いします」

「私の方こそ、これからもよろしくお願いします」

妙に改まってしまい思わず笑みを零す俺たち。

「帰ろう」

「うん」

俺は改めて葵さんをおんぶして家に向かって歩き出す。

——自立と成長を誓ったバレンタインの夜から半年。

——そして、再会を約束してお別れをした日から五ヶ月。

こうして俺たちは想いを伝え合い、晴れて恋人同士になったのだった。

Epilogue エピローグ

夏祭りの夜から二日後、約三週間の滞在期間を終えて帰る日の朝──。

俺《おれ》は久しぶりに帰宅した葵《あおい》さんの祖母に、お世話になったお礼を言って家を後にした。

別れ際、祖母から『次に来る時はお婿さんね♪』とお茶目なことを言われたが、今にして思うと婿の噂は伝言ゲームで誇張されたのではなく祖母がわざと広めたんじゃなかろうか？

真偽はさておき、俺と葵さんは一緒に駅まで来ていた。

電車が来るまであと数分、俺たちはホームに出て別れの時を過ごす。

「付き合ってすぐに遠距離で寂《さび》しい思いをさせるけど、時間を作って会いに来るからさ」

葵さんはいつもの笑みを浮かべながら首を横に振る。

「大丈夫。だって、あの時とは違うもん」

「そうだな」

葵さんの言う通り、四ヶ月前に新幹線のホームで別れた時とは違う。

想《おも》いが通じ合った今、もう必要以上に悲しむことはない。

「でも、会う度にお別れをしなくちゃいけないのは少し寂しいかな……」

それは今までのように依存をしているからではない。

単純に好きな人と離れ離れにはなりたくないというのは当然の感情。普段会えないことで会えた時の喜びが大きくなる分、離れる時の寂しさだって大きくなって当然のこと。

ふと思った——俺はこれから葵さんに何度寂しい思いをさせるんだろうか？

「葵さん——」

そんな思いはさせたくない。

思った直後、考えるより早く言葉が溢《あふ》れた。

「いつかまた一緒に暮らそう」

「え——」

葵さんは驚きに言葉を失くす。

「いつになるかわからない。でも、俺たちが高校を卒業して、もう少し大人になって、自分たちの力だけで生活できるようになったら……あの頃みたいに二人で暮らそう」

葵さんの瞳《ひとみ》にわずかに残っていた不安の色が消えていく。

「うん……いつかまた晃君《あきら》と一緒に暮らしたい」

直後、ホームに列車の到着を知らせるアナウンスが流れる。

線路の先に視線を向けると遠くに電車が見えた。

「晃君——」

「ああ。そろそろお別れだ――!?」

別れの言葉を交わそうと葵さんに視線を戻した瞬間だった。

不意に視界が塞《ふさ》がれてなにも見えなくなった。いや、正確には見えているんだが、あまりにも距離が近すぎて焦点が合わない。さらに言えば、塞がれているのは視界だけではない。

混乱する思考の中、感じたのは自分の唇に触れる柔らかな感触と温《ぬく》もり。

なにが起きているか理解したのは、葵さんが顔を離した後だった。

「えっと、その……」

状況を理解すると同時、うろたえまくる俺。

葵さんはほのかに頬《ほお》を染めて俺を見つめる。

「なんて言えばいいか……俺、こういうこと初めてで」

「私は三回目」

「え――!?」

まさに天国から地獄……葵さんは初めてじゃないなんて。

あまりにもショッキングな告白に絶望のあまり涙が出そう。

「一回目は、卒業旅行で同じ部屋に泊まった日の夜」

「卒業旅行……?」

「二回目はバレンタインの夜に帰ってきてすぐ」

「バレンタインの夜……？」

その言葉に眠っていた記憶が蘇《よみがえ》る。

――バレンタインの夜、ソファーで寝ていた時に感じた妙な温もり。

――目を覚ますと、そこには頬を染めながら自分の唇を押さえる葵さんの姿。


まさかの可能性が頭をよぎった。

「もしかして……どっちも相手は俺？」

すると葵さんは悪戯っぽい笑みを浮かべて頷《うなず》いた。

「あの頃の私はたくさん拗《こじ》らせちゃってて、晃君とお別れする前に思い出が欲しかったの。写真だけじゃ足りなくて、晃君が寝てるうちにこっそりキスしちゃったんだ」

葵さんは『もう時効だよね？』と言いながら照れくさそうにはにかむ。

「気づかなかった……」

「晃君ぐっすり眠ってたから」

次からは起きてる時にお願いします。

ショックから一転、驚きと喜びと恥ずかしさで感情が追いつかない。

とりあえず、お互いにファーストキスでよかったと安堵《あんど》に胸を撫でおろす。

するとあ俺たちが別れを済ませるのを待ってくれていたかのように、タイミングよく電車がホームに入ってきた。ドアが開いて乗客が降りると、すぐに発車のベルが鳴り響く。

俺は電車に慌てて飛び乗り葵さんと向かい合った。

「四回目、楽しみにしてるね」

「ああ。またな！」

ドアが閉まり、俺は葵さんの姿が見えなくなるまで手を振り続ける。

こうして俺たちは、新たな約束を交わしてお別れしたのだった。

クラスのぼっちギャルをお持ち帰りして清楚系美人にしてやった話

あとがき

みなさん、こんにちは。柚本悠斗《ゆずもとはると》です。

早いもので、ぼっちギャルシリーズも五巻になりました。

一巻の発売が二〇二一年の九月だったので、気づけば約一年半。

こうして続けられるのも、読者の皆さんが応援し続けてくださるからに他なりません。

いつも似たような言葉ばかりで恐縮ですが、本当にありがとうございます。

今後も二人の恋物語にお付き合いをいただけると幸いです。


おかげさまで当作品は早々にコミカライズが決定し、無事に連載が開始しました。

小説版や漫画動画版とは違う面白さ、コミカライズだからこそできる表現があり、自分が書いたお話ではありますが、いつも新鮮な気持ちで読ませていただいています。

きっと小説の読者の方々にも楽しんでいただけると思いますので、未読の方はこの機会にコミカライズ版も読んでいただけると嬉しいです。

そしてさらに、この小説五巻が発売した翌月、三月にコミカライズ一巻が発売予定です。

詳しい情報はこれまで通り、私や担当のジョー氏、ＧＡコミック公式Ｔｗｉｔｔｅｒで発表されていると思いますので、こちらをフォローしつつ詳細を確認してみてください。

今後はコミカライズ版も一緒に応援していただけると嬉しく思います。


最後に、恒例となっている関係各位への謝辞です。

引き続き小説のイラストをご担当いただいているｍａｇａｋｏ様。

今巻も素敵なイラストをありがとうございました。全て最高でしたが中でも口絵の三枚目、左のカットの葵の笑顔が、まさにイメージしていた通りで唸りました。出会った頃の葵は絶対に浮かべない、葵の積み重ねと変化を表した最高の一枚だと思います。


その他、漫画エンジェルネコオカにて漫画動画をご担当いただいているあさぎ屋様。

小説化にご協力をいただいている漫画エンジェルネコオカ関係者の皆様。

いつもお世話になっている担当氏、編集部の皆様。先輩作家の皆様。

手に取ってくださった読者のみなさん、ありがとうございます。

また次巻でお会いできれば幸いです。

クラスのぼっちギャルをお持ち帰りして清楚系美人にしてやった話

おまけ漫画
夏休み・後日談
アオイさんと遠距離になり、
スマホでのやり取りが増えて気づいたこと—
ピロン♪
アオイさん が
スタンプを送信しました
目指せレギュラー入り!!
既読
え??笑
間違えた
ごめんなさい
……
アオイさんは誤爆メッセージが多いということ
既読
友達がバスケ部?
うん、同じクラスの子
誤爆と言っても微笑ましいものばかりだったし
離れていても素のアオイさんが身近に感じられる気がして嬉しかった
そんなある日—
ピロン♪
17:30
アオイさん が
写真を送信しました
?
なんの写真だろ…

えっ
???
びっ…くりした…
下着かと思った…
水着…だよな…？
こないだ着てたのと違うやつ…？
え、どういうこと？
感想…??
なにか感想が欲しいってこと…?!
えっ…と、
ピロン♪
ん??

え?!?
まだあるの?!
ピロン♪
お……
ピロン♪
ピロン♪
おお…いいね
ピロン♪
ていうかなんでこんなに送って…
あ、この中からアキラ君の好きなのを選んでねってこと?
そうだな〜
アオイさんは何着ても似合うけど
強いて言うなら
紐タイプの…
ピロン♪
ピリリリリリリリリリ

うわあぁぁん
ハイ、もしも
アキラ君 ごめんなさい!! また間違えて 送っちゃった!!!
え、あ これ誤爆…
今すぐ 消して〜〜〜!!!
アオイさんいわく、試着はしたが選ばなかった水着の写真を日和《ひより》が見たがったらしく…
まとめて 送ろうとしたら 間違えちゃって… アキラ君… 消してくれた?
ごめん全部 保存した
?! ?! ?! 消してよぉ!!
ニヤ ニヤ
誤送信を防ぐ方法は いくつかあるけど、 教えるか否か いまだに迷っている

ぼっちギャル
5巻発売
おめでとう
ございます
豆大福(2コ)+お抹茶+パフェセット

動画版ではなんとなく少食なイメージだったんですが、
アオイさん…めっちゃ食べる子なんですね…!!
食欲がどんどん増してる気がして驚きました。
それだけ心が元気になってるってことですよね(嬉しい)

キャラクター原案◆あさぎ屋

ファンレター、作品の
ご感想をお待ちしています

〈あて先〉

〒105-0001
東京都港区虎ノ門2-2-1
ＳＢクリエイティブ(株)
GA文庫編集部 気付
「柚本悠斗先生」係
「magako先生」係
「あさぎ屋先生」係

本書に関するご意見・ご感想は
右の QR コードよりお寄せください。

※アクセスの際や登録時に発生する通信費等はご負担ください。

https://ga.sbcr.jp/

クラスのぼっちギャルをお持《も》ち帰《かえ》りして清《せい》楚《そ》系《けい》美《び》人《じん》にしてやった話《はなし》 5

発　行　　2023年2月28日　初版第一刷発行
2024年1月26日　第二刷発行

著　者　　柚本悠斗

発行者　　小川　淳

発行所　　SBクリエイティブ株式会社
〒105-0001
東京都港区虎ノ門2-2-1

装　丁　　AFTERGLOW

印刷・製本　中央精版印刷株式会社

ISBN978-4-8156-1770-7

Printed in Japan　　GA 文庫

ヴァンパイアハンターに優しいギャル

著：倉田和算　画：林けゐ

GA文庫

「私は元、ヴァンパイアハンターだ」「……マジ？」

　どこにでもいるギャルの女子高生、琉花《るか》のクラスにヤベー奴が現れた。

　銀髪銀目、十字架のアクセサリーに黒の革手袋をした復学生・銀華《ぎんか》。

　その正体は、悪しき吸血鬼を追う狩人だった。銀華の隠された秘密を琉花は偶然知ってしまうのだが——

「まさか、あんた……すっぴん!?」「そうだが……？」

　琉花の関心は銀華の美貌の方で!?　コスメにプリにカラオケに、時に眷属とバトったり。最強ＪＫには日常も非日常も関係ない。だって——あたしらダチだから！　光のギャルと闇の狩人が織り成す、デコボコ学園(非)日常コメディ！